雅歌译丛

当代荷兰名家诗选

Selected Poems of 15 Contemporary Dutch Poets

〔荷兰〕
埃里克·林德耐尔　赵四
编选

赵四　范静晔 等
译

山东文艺出版社

图书在版编目（CIP）数据

当代荷兰名家诗选/（荷）埃里克·林德耐尔，赵四编选；赵四等译. —济南：山东文艺出版社，2022.1
（雅歌译丛）
ISBN 978-7-5329-6427-7

Ⅰ.①当… Ⅱ.①埃… ②赵… Ⅲ.①诗集—荷兰—现代 Ⅳ.①I563.25

中国版本图书馆 CIP 数据核字（2021）第 166015 号

ⓒ Tomas Lieske, Anneke Brassinga, Martin Reints, Tonnus Oosterhoff, Jan Baeke, Esther Jansma, K. Michel, Anne Vegter, Henk van der Waal, Hélène Gelèns, Erik Lindner, Mischa Andriessen, Maria Barnas, Alfred Schaffer, Mustafa Stitou

著作权合同登记号：图字 15-2019-326

This book was published with the support of the Dutch Foundation for Literature.
（本书的出版得到荷兰文学基金的资助。）

当代荷兰名家诗选
DANGDAI HELAN MINGJIA SHIXUAN

〔荷〕埃里克·林德耐尔　赵四　编选　　赵四　等　译

主管单位	山东出版传媒股份有限公司
出版发行	山东文艺出版社
社　　址	山东省济南市英雄山路 189 号
邮　　编	250002
网　　址	www.sdwypress.com
读者服务	0531-82098776（总编室） 0531-82098775（市场营销部）
电子邮箱	sdwy@sdpress.com.cn
印　　刷	山东新华印务有限公司
开　　本	850mm×1168mm　1/32
印　　张	14.25
字　　数	270 千
版　　次	2022 年 1 月第 1 版
印　　次	2022 年 1 月第 1 次印刷
书　　号	ISBN 978-7-5329-6427-7
定　　价	79.00 元

版权专有，侵权必究。如有图书质量问题，请与出版社联系调换。

序：读者视域中的荷兰诗歌

大海，明亮多云的天空，耕作的土地。海岸、城郊、河泊、沟渠——无处不见的流淌的水。极简主义倾向的外形与明晰的轮廓。这些都是大众熟悉的荷兰景象。但是对于荷兰当代诗歌，它们是否有意义？我们能否在荷兰诗人的笔下找到蒙德里安的轮廓、凡·高的色彩、雅各布·凡·雷斯达尔和萨洛蒙·凡·雷斯达尔的天空？

一、传统

荷兰诗歌中展现了一种东方色彩。J. A. 德穆（J. A. Dèr Mouw）是位思想正统的教师，50 岁以后才开始写诗，1919 年去世，诗集《婆罗门》随后出版，次年又出版了《婆罗门 II》。他使用阿德维塔做笔名，将诗歌写作比作一种滑冰的方式：诗随风而至，诗中应能听见风的歌吟。受印尼神秘主义影响，诗集《婆罗门》指向高玄，在印地语中，其笔名阿德维塔意为"不可分"。与此同期出现的诗人中，有的突破了传教士诗歌的传统，写作风格情感丰沛且个人化。赫曼·戈特（Herman Gorter）与德穆同是一流的曲棍球手，受雪莱影响，他的写作语言清晰、感性，几近天真，其诗今天读来依然相当动人。1920 年他前往俄国，被托洛茨基称为"某类哲学家，甚至更差一等的：诗人"。不管是曲棍球还是滑冰，都在 J. H. 利奥波德（J. H. Leopold）的工作生活中找不到任何影子，他是位忧郁却能带来启发的教师。利奥波德从事古代哲学研究及波斯诗歌的荷兰语翻译，通过对照，开启了意义的多样性，其诗温软且富于音乐性，却又比哥特的风格更阴郁。

荷兰诗中达达派与先锋派不多见，但皮特·蒙德里安却有位追随者——画家特奥·凡·杜斯堡。他以笔名 I. K. 邦塞特（I. K. Bonset）发表诗歌，那些视觉诗戏谑挑弄，排版富于变化。评论家将其与蒙德里安同视为风格派，但他狂野的诗风似乎与风格派的直线要素相矛盾。界限被突破，要求新架构。不大知名的蒂尔·布鲁格曼（Til Brugman）是位生活在柏林的女性结构派诗人，从事声音诗、童书与怪诞作品的创作。

大海是"毁灭性真相"的象征，在两个潮头之间的诗人可以借此超越现世。持有这一浪漫主义观念的是有"诗人王子"之称的安德里安·罗兰·霍尔斯特（Adriaan Roland Holst）。他受叶芝和威廉·莫里斯影响，对凯尔特神话谱系怀有兴趣，出版了大量形式传统却毫不感伤的现代诗歌和散文诗。他的确是在"语言中"工作。J. 斯劳尔霍夫（J. Slauerhoff）是位远洋航行的随船医生，在较短时间内完成了他的全部大作。其作品风格纪实，同时受到兰波的影响。他主要在非洲、亚洲和南美洲航行，居留荷兰期间离群索居。他的作品仍然是象征性的。他渴望远离这个信奉加尔文主义的小国家，去广阔的地方旅行，是位高度浪漫主义的诗人。

现代主义诗人马丁努斯·奈霍夫（Martinus Nijhoff）反对德穆、利奥波德和戈特所用的个人化的诗歌语言。他的诗歌充满自发性，且与诗人本身并不相关，语言口语化、容易理解。长诗如《阿瓦特》是叙事性的，语言清楚明白。他也是T.S.艾略特作品的译者。亨德里克·马斯曼（Hendrik Marsman）也是现代主义者，作品被认为是生机主义和表现主义一派的。他受柏格森和尼采影响，最初被法西斯主义吸引，但在"二战"前体验到德国威权的危险。他在从荷兰逃亡英国的途中，遭遇了船只爆炸。荷兰最后一位古典诗人是格里特·阿赫特贝尔（Gerrit Achterberg），一位有教养的加尔文主义者及教师。在实验风潮弥盛时，他仍继续以其严格形式写作。他的作品至今依然受欢迎，在这个不大关心自身经典的国度里拥有相当大的阅读群体。

"二战"甫一结束，迄今最大规模的荷兰主要诗歌运动即迎来其光彩一刻，改变、影响并主导了大多数的荷兰战后诗歌。运动始于长诗《给备受摧残的新娘——印尼的情书》，该诗谴责了荷兰在1948年反对印尼独立战争期间的攻战。作者吕瑟贝尔（Lucebert）在此次运动中加冕，至今都是荷兰诗人大家族的教父。画家兼诗人的吕瑟贝尔被警察从阿姆斯特丹市立博物馆（当时他正在彼处收集诗歌报价）驱逐时，装扮得就像一位戴王冠披皇袍的王。他年轻时对自己的诗歌语言进行了彻底变革，使其幽默戏谑、紧张而超现实，并与同辈诗人格里特·高文纳尔（Gerrit Kouwenaar）以及柏特·斯希尔贝克（Bert Schierbeek）共同加入了荷兰试验派——眼镜蛇运动荷兰语部分。

吕瑟贝尔所处的"五十年代"诗歌运动规模不小。除了三位眼镜蛇运动诗人外，还包括了扬·汉娄（Jan Hanlo）、扬·阿尔波赫（Jan Elburg）、汉斯·娄岱森（Hans Lodeizen）、塞伯伦·波莱（Sybren Polet）、雷姆柯·冈波特（Remco Campert）。"二战"前，超现实主义及其他运动从未真正在荷兰本土立足，没有哪位能人能陡然发力征服众人。一个通行的调侃式单调解释是荷兰在"一战"这一"伟大的战争"中保持了中立。"二战"后，美丽的容颜已被灼伤，事物不复原样。吕瑟贝尔及相近诗人的著作都销量可观，年轻人认可他们在这一新诗潮中展现的不同心智。事实上，"五十年代"诗人中没有真正可共享的诗学，这一群体没有共同的风格，只是一群同时代年轻诗人组成的朋友圈，其中有些诗人写得相当出色。

随年岁渐增，诗歌译者兼记者格里特·高文纳尔，成长为他这一代诗人中的翘楚。他素养高有才智，不像吕瑟贝尔那样粗直，他发不出贝丝·斯密斯[①]那么感性低沉的声音，作品与现实保持着得体的距离，诗歌题材体现了知识的广博。高文纳尔的诗是手工制品，以冷刀在语言中切削而成，这并非说其作品平淡干瘪，相反，它们对周遭世

[①] 贝丝·斯密斯（Bessie Smith），美国爵士、蓝调歌手，被称为"蓝调之后"。——编者注

界具备高度的情感认知。他的诗作，每个词都是物，既脚踏实地，又高度丰富和多层次。

"五十年代"诗人至今仍旧统率着荷兰诗坛的大半自由诗写作。唯一创造了另一种韵律和另一种诗歌语言表达法的诗人是汉斯·法弗利（Hans Faverey）。他出生在苏里南的首都帕拉马里博，当时是荷兰的殖民地（也被称为荷属圭亚那，位于南美洲北部）。与高文纳尔相似，法弗利也是才智之士且自律。他用荷兰语创造了完全个人化的典型诗歌语法，1970年代出版的头两部诗集远远超越了他的时代。他在莱顿大学心理学系从事研究工作，出版三部诗集之后，他的创作越发有条不紊，同时仍极为迷离又迷人。他的诗作不仅语言富韵律，语言中运用的意象亦含韵律。法弗利受到他所阅读的英文版中国古典诗歌的启发。

二、当代诗人（本诗选诗人）

托马斯·利斯克（Tomas Lieske）出道较晚，担任荷兰语教师多年，与学生一起创作、演出受莎士比亚剧作影响的戏剧。1980年代末他出版首部诗集，即获认可。其诗作新颖，宛如威尼斯狂欢节上佩戴的面具，缤纷多姿而有表现力。诗中的形象有类狄更斯小说中的人物，在同时代人中显得滑稽荒诞。诗歌标题都很棒，如《举起她的河马》，可能会让人想起詹姆斯·恩索尔或者图卢兹-罗特列克的绘画，带着唯美情色的元素。诗歌之外，利斯克也采用传统随笔描述同时代的诗人，描绘出一幅自他青年时代起的国内场景、电影画面，一部逸事别史，使文学随笔脱离了学究气。他的小说也相当成功，通常是设置在广阔世界背景下的大故事，只有小部分故事以荷兰为背景。

安妮柯·布拉辛嘉（Anneke Brassinga）的作品有种巴洛克格调，其语言在古体的边缘寻获平衡点，并将之与即兴口语化的词汇及高度雄辩的表达相结合。借助冷峻的幽默，她明白如何谈论存在紧张不安的一面，并以其为起点而非主体来述说。布拉辛嘉是位知识女性，翻译了贝克特、布洛赫、纳博科夫、巴赫曼及其他多位作家的作品，更是位随笔作家。她喜欢被称为"变形者"，几乎每首诗中都有一棵树。她的作品被喻为博斯的一幅画作：人类树。她的对象可以高度悲剧，但她总是以大量的参照物及间或的平庸幽默来呈现。

马丁·芮恩兹（Martin Reints）属荷兰纯粹的极简艺术派，受现代艺术和汉斯·法弗利及雷姆柯·冈波特的作品影响。他起初极少发表作品，写作一部诗集会耗掉他近11年的时间。他创作出的那些易于理解又美丽明晰的诗歌中存在着一种精神元素，但他的素材与主题又总是非常现实。他的作品直接，没有诗歌的迂回，但其简单的诗行仍是纯粹的诗。芮恩兹的诗有着冥想的效果，作品紧贴思考的行为本身。

滕努斯·奥斯特霍夫（Tonnus Oosterhoff）既是个老顽童（就年龄而言），也是这个国度里诗人中的诗人。在发表自己的作品前，他曾在一家出版言情小说的公司工作。他的写作机智、有创造性、新潮，所出版的每一本书都获得重要的文学奖，作品包括小说、故事、诗歌。他甚至用Flash动画形式来创作"移动的诗"——语词与句子以平稳的速度出现、变化、消失，该过程的每一步并非一首诗的重制，而是在移动的整首诗本身。奥斯特霍夫的典型风格是超感性，对话形式里出现的是拟傻话与认真清晰表达的混杂体。

扬·贝克（Jan Baeke），具有国际化影响力的电影诗人，其纯粹依荷兰水平而言是难以领会的，但当我们想到塔科夫斯基这样的电影制作人，或者匈牙利诗人雅诺什·皮林斯基、爱沙尼亚诗人扬·卡普林斯基，就不难找到贝克作品的根源了。他的部分作品有神秘主义色彩，仿佛绝非来自诗人自创而是随手借来的虚构逸闻。作品风格扑朔迷离，让人迷惑，入耳愉悦却又规范。贝克诗歌的外延保有朴实无华的气质，又的确具备多维模式。他以常规的速度共出版有九部诗集。

埃丝特·扬斯玛（Esther Jansma），一位诗人，同时也是一位树木考古学家。她的语言恰到好处、直截了当，她的诗歌存在于丰富的形式当中。她的诗歌是同时代诗人创作中最有力的作品之一，读者很难不感受到其作品在向他们发言。谐音的精细组织、跨行连续的效果，在她的诗歌中得到最好的证明。在《代表狮子的词》一诗中，动物的名字与全速疾跑过柔软道路之钳的喉中一声惊呼吻合重叠。埃丝特·扬斯玛称自己为声音的木偶操纵师，她的诗是独角戏剧本，口语故事集。它们富含歧义，由被强烈抑制的抒情性精心编配成诗的管弦乐。她是一位经典的诗人，有着等待被确认的伟大性。

K.米歇尔（K. Michel）的诗对荷兰气质做出了最好的诠释：明快与对水的研习。他是个天生的观察者——观察万物、人、环境时不只能感知事物本身，还能轻易地感知它们所能召唤的一切。在短篇散文与诗歌中，他乐于以玩笑的方式，以一种温和有趣的讲故事的方式与读者交谈。一首诗可能呈现得如一张佛祖脸庞：笑对众生，蓦然抬手扇脸，俏皮地眨眼吐舌。诗作风格近似儿童故事和童谣，明快简单中蕴含博学智慧，并不像它们看起来那么轻巧。

安妮·费赫特（Anne Vegter）的所有创作都反映出一种敏锐的人性洞察力，每一文本中都存在着很强的戏剧性。在她的诗人首秀之前，她出版过两本童书，她还是独角戏、短篇小说、话剧剧本作者。安妮·费赫特是2013—2014年的荷兰桂冠诗人，这使她有义务为重大事件写诗，如女王退位、国王加冕、乌克兰上空客机被击落。选择费赫特作桂冠诗人的理由不太明显，她的作品古怪，极端变幻莫测，使用大白话，含有色情元素。在她的长诗《……的女儿》中，她通过给予诺亚一个女儿赋予了《圣经》一段可替换的历史。她和叙利亚诗人吉亚斯·阿勒马德胡恩（Ghayath Almadhoen）多有合作。

亨克·范德瓦尔（Henk van der Waal）的诗歌使用音调优美的语汇，通常能起到推进诗行的效果。他引人注目地不规避学识或才智。范德瓦尔既古典也现代。与许多同辈诗人一样，他也研究哲学，但与其他人不同的是，他没有因为成为诗人而躲避哲学。表面上，他的诗作通常是精雕细琢的：呈菱形排列，呈漏斗形排列，或呈块状排列。他的语言就充溢在这固定的格式中。对范德瓦尔而言，写作似乎是个约定，是个魔咒，而他则精神振奋、满心欢喜地投入这一折磨中。

埃莱娜·吉朗（Hélène Gelèns）是罕有的写过歌剧剧本的荷兰当代诗人，其作品融合了音乐元素。加入她的声音的一首诗就像一段瑜伽。呼吸也许是诗歌节奏的核心。她的重复似乎是用呼气、吸气以及呼吸的停顿来写作。她通常以两种声音写诗：斜体的和白正体的，有时候需要读者去发现谁是第一种，谁是第二种。她的作品保留着大众性，既不小众，也不是第一眼所呈现的那么轻快；既是独白，也是对话，而且总是富于音乐性。《给两个声音和一个钟的诗》是首前所未见的杰出之作。

在埃里克·林德耐尔（Erik Lindner）的诗中，意象是个中心角色。按尼柯·布洛特格[①]的说法，林德耐尔不仅持续翻转我们的语言和感受力模式，同时还使我们可能的意识变得更敏锐。其作品中蕴含心动过缓的淡漠忧郁症，按本雅明的说法，它源于历史学家们试图通过遗忘其后发生的一切来聚焦过去，而事实上做不到。这种怠惰像一朵从未显露出清晰、真实形象的闪动火焰。林德耐尔诗中另

---

① 尼柯·布洛特格（Nico Bleutge），德国诗人。——编者注

一恒定不变的要素是对海的接近，其诗总是带有强烈的海浪显现与消失的韵律影响。

米夏·安德瑞森（Mischa Andriessen）是位诗人兼译者，作品包含神话元素。他懂得如何用一行简单的诗营造一个意象与氛围，这是他允许自己拥有的唯一空间。他的诗歌形式和内容都简短，像一棵短枝丫的树，突然伸出结束的叶子。它们必须由自己来述说整个故事。他的作品极少单一维度，诗中总是有种犹疑不定，这种犹疑在能被套话取消的同时又使一切变得真实。安德瑞森翻译美国诗歌并将匈牙利作家译介进荷兰。

玛丽亚·巴纳斯（Maria Barnas），一位概念视觉艺术家、诗人、小说家。通过非常精确的感知和十分准确的措辞，她对作品的形式实施了很强的控制。她的诗看似几同玻璃制品。同时她的材料由非常个人化和特殊的感觉印象构成，展示出世界经验中的变幻莫测、反复无常。亦有更大的主题：广岛的核爆炸，伦敦的炸弹袭击，如何生活在柏林。她的现实是她如此煞费苦心地精准描述的一座隐喻奇境，生命被吹进这些隐喻中，隐喻变为自然存在。

阿尔弗雷德·萨弗尔（Alfred Schaffer）在返回他求学的南非并成为大学讲师前，快速出版了几本诗歌著作。他受约翰·阿什贝利的影响，诗歌具有强烈的修辞效果。"我们的慈善需要指令"是句典型的狐疑不安的措辞，修辞使空洞感凸显。在他的作品中人可能显得像是某种机器。他可以在一首诗中快速转换视角。萨弗尔引人注目地成长和精进。有时候他的诗有些古板，有点像散文一样有目的地发声。他是个有勇气的诗人，诗歌可以是鬼魅、梦魇、幻象。迄今他的主要作品就是他最新的著作——他所杜撰的非洲独裁者沙加·祖鲁的日记。一部长诗组织起如传记碎片般的素材，包括白日梦、怪异事实和幻象。

穆斯塔法·斯缇图（Mustafa Stitou）出生在摩洛哥的得土安，四个月大时与父母移居荷兰。他的写作主题常定位于自身的穆斯林背景、读韩语的父亲、去出生国的夏季旅行。但他的风格与形式无疑是荷兰的。斯缇图是否算移民诗人并不是问题：他就是位诗人，而且是我们最最好的诗人中的一位。光、水、清晰度在他诗歌中所起的作用和哲学、历史、科学同等重要。他典型的风格是将平庸日常生活的意象带进一个更高的隐喻层面。他是自己诗歌的伟大朗诵家，常出入校园与青少年交流，使他们了解在我们的所听、所感、所见中诗歌的可能性。

〔荷兰〕埃里克·林德耐尔　禤园译

目　录

001　**托马斯·利斯克**（禤园 译）
003　屋　主
005　我们都选择了一种颜色
007　我爱人葬礼上的抚慰声
009　撒　旦
011　不　再
012　一只鹈鹕（木乃伊）的牢骚
015　蛋　壳
016　你，神圣的太阳
018　羞红的野兽
019　女　儿
020　此　后
022　发现你已经太迟
023　高举起她的河马
025　尼古拉·哥白尼

027　**安妮柯·布拉辛嘉**（芮虎 译）
029　海岸（Ⅰ）
030　元　素
031　尘世的森林殿下

033	想到马拉美，令我窒息
034	想到惠特曼，令我爆炸
035	想到艾略特，我化作一片轻烟
036	隐秘（I—IV）
041	远远离去
042	巨　人
043	叶　醉
044	乌鸫不在
046	呼　唤
048	肖邦 F 小调里的叙事诗
049	视　野
051	**马丁·芮恩兹**（赵四　译）
053	食土豆者或：凡·高的纽能来信
055	安尼施·卡普尔的大山
057	走　廊
058	芦苇流苏
059	秋　夜
061	市镇风景
062	无尽的暮光
063	旧会客厅
065	未曾寄出的信
066	夜晚的庭池
068	模糊的信件
069	苍　蝇

070	夜
072	朗　诵
074	日　出
075	回到起点
077	暴风雨后
079	布达佩斯
081	鸟类学

083	**滕努斯·奥斯特霍夫**（赵四 译）
085	换脑人
087	"多么愉快我看见那鳏夫"
088	傻瓜蛋聚首
090	"整个乌得勒支火车站……"
091	"我孩子的皮带搭扣上……"
092	镜子不能教我们什么
093	"这就是我的脑筋们说的……"
094	"噢，在水母中呼叫大海……"
095	"……甚至记忆离去……"
097	"和我们共在的……"
098	"我长期有信念……"
099	豹
100	"那个刚刚站在门口的少年……"
102	有巴赫《创意曲》伴奏的诗

107	**扬·贝克**（范静哗　赵四 译）

109	没反对，也没出声
111	爱的劳作
113	我们的家庭政治
115	别无出路
117	必要的深度
119	已然写下
121	我虚构的他（4）
123	夏天一边
125	还没到那地步
127	请将他带离此地
129	北方波段
130	在理论上

137	**埃丝特·扬斯玛**（赵四 译）
139	薛定谔式捕获
140	现代主义
142	代表狮子的词
143	埋　葬
144	我未曾有过的儿子
145	就在此地
146	坠　落
148	清　晨
150	爱人们
152	构造地质学
153	新　年

155	小　梦
156	考古学2
157	历史事实
158	构造测量
159	万物皆新
161	墙
162	逃　脱
163	收集者
164	初　始
165	荫
166	房　子
167	**K．米歇尔**（程一身　赵四 译）
169	好　吧
171	第二节
173	向天花板演说
175	鱼也能
177	那是昨天，而我此刻赤足
180	归　途
182	问　候
183	掌上纸
185	从树上下来的
186	经验法则
188	再见见见
190	Å I Å A Ä È Ö

192	啊（洗澡歌）

安妮·费赫特（赵四 译）
197	
199	从 12：15 到 13：00
200	出去吃
202	假 如
204	延期偿付
206	私人消息
208	表演与绊倒
209	与此同时，在家
210	时中 & 时不中
211	表 象
212	冬天的户外生活
213	流浪汉
214	检查站
215	了解更多 I
216	了解更多 II
217	哦，别爱得太久
218	在忠诚的天空下
219	通配符
221	岛状山上的冰川
225	备用策略
226	没有战争，我们不会出现在这儿
227	彼 岸
231	荷兰欢迎你

233	**亨克·范德瓦尔**（周琰　宇舒 译）
235	"极度分心时我便躺在……"
236	"或者像……"
237	"很不确定是否……"
238	"当你全然独立不群……"
240	"没有，你是自己的猎物……"
242	"她没有匆忙进入……"
243	第四人称单数
244	"出于纯粹的骄傲抑或是……"
245	"脱离机运之外你也是……"
247	"没有任何，不是辛勤劳作……"
249	原初的赠予
253	爱的精神
257	**埃莱娜·吉朗**（赵四　周琰 译）
259	关于一场无限制的奔跑
260	如何解放树叶
261	磨损的与盛放的
262	萨福说（卡明斯变奏）
263	启　程
265	如何赤裸
268	出离黑暗
271	没脑筋的
274	停下（1）

275	我怎样认识
276	运河不曾知道
278	小小的婆罗洲龙蜥
279	结结巴巴地说出那名字！
280	别的东西
281	下班时间
282	给两个声音和一个钟的诗
284	角落的时光

287	**埃里克·林德耐尔**（芮虎 译）
289	"直到磨坊之翼转动……"
291	"在比雷埃夫斯港海是紫色的……"
293	1994 年 9 月 18 日
297	身份认证（Ⅰ）
298	理　性
299	当我争夺语词的时候
300	一个男人在公园吃苹果
301	东方的尽头
304	一座阶梯通入大海
306	岛　屿
308	我还记得
309	去艾克迪亚（3 首）

313	**米夏·安德瑞森**（禤园 译）
315	我是查理？

317 事　迹

318 阿布达

320 仪　式

321 赶在死亡前康复

322 伟大的热望

323 蒂　娜

325 阿克提安（ⅠⅡⅢ）

328 大　门

329 鸟　王

330 监管人

331 公　正

333 极　限

334 差　异

335 我们［曾］在［那儿……］

337 **玛丽亚·巴纳斯**（禤园 译）

339 两个太阳

340 极轻柔、甜美，富于表现力

341 伤感隐喻垂挂枝上像死去的天鹅

343 雨洒落弗雷德里克广场

345 一座城升起

347 你占据的空间

349 太迟了

351 大　众

353 思绪与那女孩

354	加时赛
356	孩　子
358	幻　象
359	噢，对，大爆炸
360	再见，阿姆斯特丹
361	未　来
362	特别的旋涡

365	**阿尔弗雷德·萨弗尔**（范静哗　赵四 译）
367	白日（梦）（第9377号）
368	白日（梦）（第3号）
370	白日（梦）（第526号）
372	白日（梦）（第598号）
374	新年：白日（梦）（第1354号）
375	目力能及之地
376	拜访：白日（梦）（第3623号）
378	声音与形象的庆典
379	白日（梦）（第5106号）
380	"作为007的自画像"——白日（梦）（第1516号）
381	白日（梦）（0号）
382	白日（梦）（第37号）
383	白日（梦）（第99号）
385	白日（梦）（第207号）
387	"宵禁令"——白日（梦）（第1263号）
388	白日（梦）（第12868号）

389	诗
390	"一条蛇……"
392	要正面还是反面？
395	**穆斯塔法·斯缇图**（周琰 译）
397	母 语
399	"我背上扛着我父亲……"
400	兰 花
404	麦 加
407	一只找到的鞋子的谕言
409	"在一棵夏日的橡树中……"
412	"耐心地被追猎……"
414	附录：中/英（或德、法）荷语诗题对照目录

托马斯·利斯克（禤园　译）

【诗人小传】 托马斯·利斯克（Tomas Lieske，生于 1943 年），诗人、散文家、小说家。38 岁时首次在文学杂志发表诗歌，自首部诗集《冰将军》（1987）问世，迄今已出版了八部诗集，其中《如何识别挚爱》（2006）获得了荷兰诗歌最高奖 VSB 诗歌奖。1989 年他出版了评述荷兰诗人的随笔集《苔原中的头颅》。1992 年他的随笔集《战争花园》获得吉尔特扬·卢贝尔胡森奖。2001 年，他的小说《富兰克林》获得了荷兰利伯瑞斯文学奖以及佛拉芒语的墨猴奖。近几年，利斯克又完成了小说《阿拉哥的快乐复兴》（2018）、《一百个节日》（2020）及诗选《泼洒快乐》等。利斯克曾是位教师，后成为全职作家。这里选译的诗歌由英语译出。英语译者是威勒姆·格罗奈维根（Willem Groenewegen）和帕特里克·科特（Patrick Cotter）。

屋　主

我缘何发现了你的魅力？我在你的门边聆听。
当你迈着年轻的弹性步伐再次离开屋子，
我这双手就在你的衣物中穿行。
你臀部的肌肤，你的气息，你旋转的脚步。

一切都是暂借给你的。这空间
用暗条纹圈出你的灵魂边界
好让你的躯体安歇，你却将它
变作了一只掠食者的牢笼；水槽与墙之间的
地垫上踏出了一条熟悉的路径。

我铺下导管来捕获你的呼吸
还可以维持数年，我拉紧钢线
来缓解你的倾颓。我铲除
墙垣好来张望你。我摆放好
碗钵以将你诱回你的笼子。
一条条裙子闲立在你兴奋放光的双腿上。

瞧，我安静地坐在你房间的门前；踩着

冒险的边线。带着改进了的眼力,有更长
更高灵敏度的感光薄膜;
带着受过教的细胞膜和濡染过的
吸管;带着长出了羽毛的耳朵。

我们都选择了一种颜色

起初是陌生处传来的一声声响,如地冰,
如一个看不见的贪吃鬼色情盯你脖颈时散发的腥臭,
紧接着是你裤袋一角的一个词语,
抵靠你大腿的温暖入眠,
不知不觉,它就安歇在你的掌中:生命。
你为它刷上点涂料,用一个咒语替换了它。

身披铠甲的一个符号,你会为之战斗。
你是你时代里的一名快乐骑士,
上阵开战与他人较量长矛,
却发现自己的长度不够。你的面甲
嘎吱作响,手套落在家,马匹还矮了两码。

你步入牢笼,媚视观众,
踏着大步,展示胸肌——后来是为那角落里的
沉默毛兽:一头仰卧的虎,四肢
轮番伸展,松弛的腋窝皮毛温暖。

但愿生命是四重奏室内乐

是对往昔爱人的无疚之梦，
但愿它平滑如漆光熠熠的荔枝核。

可是你自感如一粒浸水的网球
衔在搭乘渡轮的一只杜宾犬颔内。

涂层片片剥落，沾在你湿乎乎的掌心。

我爱人葬礼上的抚慰声

我是那迁移飞鸟的指南针。

我是世界的轮廓,海岸线,
洋流与风向,南北极的
主宰:我是群星之光,
太阳的朝升,月亮的
圆满,所有人
若展翅必穿越的天穹。
我是计算精准角度的
数理,是掌控动能
与流线的力学,是辨认出
每一道弯折的地理学家。

别去理会大火,浓烟,
叛乱,洪水与粉砂岩。

避开有毒废料堆,警惕荒原的
诱引,看这些田地,多么富足,
禾捆束束。充耳不闻

那些无所不知者、煽动家、
不平不满者、布道人、解说员,
唾弃通灵的人。

唯独跟随存在的穿引之针,信靠
永不落的地平线。

撒　旦

我陷落在日与月之间。

是特洛伊与阿喀琉斯的太阳
是那轮月，疑惑着"冷吗，爱人，
你的血流是否更加匀速稳健？"

是照耀血腥斗牛场里公牛的
太阳，是仲夏夜之梦中的月亮。

是争辩旗帜、颂歌口号
屏蔽墙幕上方的太阳。
是淤滞死水的月亮，那里
偷窥的梭鱼纹丝不动
留意到大多数动物已安睡
却什么也干不了
除了绷紧肌肉，在藏身处
静卧；它的双眼
缓慢转动，无尽凝视
却什么也看不见。

直至
在这个无波澜的银绿世界
猎物缓慢如玻璃体
游入视线，疑惑这个危险
是想象抑或真实。

不　再

现在什么都不管用，不管是日常的
水净化仪式，还是
威胁我和我孩子的毒性感染，
要传播的责任，抑或我们攀爬
高悬河流上方那块肮脏拱石的恐惧。
扯坏你衣物的那只手，停留在
你牙间热玉米棒上的那只蜜蜂，
踏过你漂洗好的床单上的泥脚印，
现在什么都不管用了，与你的期望相比，
意义的外壳已经软化；确切的时间
无从判断，确切的内容你无从知晓。

一只鼩鼱(木乃伊)的牢骚

不具备汇总石碳酸、沙地、它自个皮毛状态等知识的
   能力,
还在泡碱管里自抱不放,边上就是自称荷鲁斯的铅①
   制猎鹰。

要保存生命力,而我们的子嗣正在炙热沙砾中
屈膝死去,之后,蛞蝓腹部开始漂浮穿过他们的身体。

裹进涂抹松香的亚麻绷带,纸莎草标牌描述它是
谁家的鼩鼱,好能让守门人确认它的身份。

要提醒亚麻籽王朝的女王诺密特,我曾生活在她统治
   下,在她燧石的双足旁,舔食溅落的蜂蜡。

即便我浸泡的是沥青而非皇室的铅,也无须将自己饲
   喂那鹰隼,它臭气烘烘就在我身旁,自诩是荷鲁斯。

---

① 荷鲁斯(Horus),古埃及神话里的太阳神,鹰头人身。——译注,
下同

要确保我鼩鼱的魂灵能回到细小的身体,让我敏锐的鼻子
再次注入生机,睁开我双眼,粘回我腐烂的双耳。

要发现我的居住地是否黑暗,散发麝香气,
是否堆满蛞蝓,保有这鼩鼱的愉悦,排泄出卡诺皮克罐①
　形状的粪块。

我的身体像块旧地毯,汗渍斑斑,满是褶皱,四爪向后,
体操运动员一般伸展,尾巴已折断,要让它们松软,再装
　扮起来。

要意识到未来的某个时刻会有某事让我惊奇,比如厚实的
　青苔,
意识到不是所有的荣耀都会自动降临给那鹰隼,让它嫉妒
　地盯着小小的我。

配方,
配方。

将我用配方裹扎,用祈祷升格。一切皆徒劳。没有一点
荷鲁斯行动的影子。赐予我原先模样的记忆吧。赐予我最
　外层

---

① 卡诺皮克罐,古埃及人制作木乃伊时存放所取出的内脏的罐子称为卡诺皮克罐(Canopic Jar)。

齁齈皮囊的形象,这祷告词墨迹无法抵达的地方。
我是多么渴望见到自个勇敢的微笑、胡须和活泼的眼眸。

蛋　壳

他背负着自身幸福的壳
行走世间。不管是跌跌撞撞还是

莽撞的年轻步伐都被劝阻；他必定要保护自身
这钙化的幸福，免遭时间挤压，免受颠簸冲撞。

薄薄的壳能透进亮光，
孩子的指印能轻易让它变形。

他这个焦虑的小男孩必要背负，已经背负
这蛋壳，众目注视下，他还唱起了歌。

他能感知他们有时捉住他的脚，拖曳他，
弄伤他的腿，他也试图诡诈地用他们的鞭子还击。

他背负自身的蛋壳行走世间，向沙漠
行进越深，越日渐蓬头垢面，破履赤足，民众

高声叱责，穷追紧逼。
只为他的蛋壳完好无损，能够担起幸福。

你,神圣的太阳

太阳,我们头顶上方的火球,沸腾着的烈火气焰,
它慵懒的歇息给予我们温热,供给了食物、能源与光亮。

强悍、数学的太阳,对数和本轮①的创造者,描绘出
所有的切线,调配出烟灰和霭紫的各种色度。

伟岸不可知的光之神,头戴巨大的冠冕,身披铁内衬的
　斗篷
白日在地球熠熠生辉,赐福并煦暖这星球。

在翁布里亚瑟瑟发抖的牛群上空,这钟爱地中海的朋友,
纵身跳入下方村庄的广场以及血迹斑斑的古老庭院。

又堂而皇之地禁足教皇恐怖统治下潮湿阴森
相连的地下室,敲打那里厚实如大锅的墙。

在失明与发亮的动物间架起的群星步径,有燃烧的旅人

---

① 本轮,托勒密宇宙模型里的周转圆,行星绕着它运行。

漫步其上，
痛击远方寻开心的巨人们，正是这好心肠的卫士。

幼小的神祇因它的助力与爱而成长，私欲倍增，
欲念铺张开温热的爪，向超短的裙裾探伸。

太阳，神圣尊崇的太阳，你炫目的战车盈满光亮的气体，
总能疗愈我们，温和些吧，将您的恩宠布施在这地球。

羞红的野兽

那个时候我能没有他吗?
他每次过来总是一副顽固傲娇的气派,
可不是让马匹沸腾,让我的身体
充盈丰腴的喜悦?每看见他,我的床
可不就填满了,我的衣橱可不就燃烧了,
我的沙粒可不就向地板倾泻下图案,
我的面包可不就用渴念将自身切割成片,
我的蜂蜜可不就从颤抖的勺子滴落?
而我像只松鼠,在细枝间奔跑腾跃,
像沟渠中的一个金属罐头盒,映照出自己,
像架子上的亚麻布,将自身折叠方正齐整,
潮红,像壁炉里泛红的野兽。警醒着
我像把椅子兀自站立在这房间。当他的时刻到来,
我将与屋檐下方的燕群呼啸
掠出。要是他不再现身,我将以何种方式死去?

女　儿

你的双足踩碎了我的葡萄,你的双手
揉捏我的面团直到我再也不能呼吸。

你用我烘烤出面包,它的气味清晨我能闻见
但它很快就干瘪。你已经将我掏空。

你在我的嘴里灭掉你的烟头,在我皮肤上
写下你的话语,将你的笑容硬塞进我的眼球。

你褪去我的衣物,将你自己置入
我之内,你冰冷的双足踩踏我的内脏

直到它们碎裂。你将我的拇指放入嘴中,
吮干了我的骨。余留下的是这些:

你睡眠中的安宁,我已盗取;
你童年时的胶卷,我已冲洗。

此 后

假如你的孩子被一辆货车拖行
母亲脸庞这最后的画面逐渐消失
你低喃着,金属气味和引擎噪音交缠的混乱
会被照亮。那孩子
僵直地拉伸着,他最后的剧痛
在持续地回荡,仿佛被冻干。

自此你的早餐就由一位身形
不定的天使周济,他总是顶着莫西干
发型,汗出不停,举起多个
泥状化合物的袋子,浑身发臭,
他说话含糊,舌头的杀伤力却很大,
抛给你一个要命的选择题:

你的孩子还是死了。但每晚
你总能梦见他活着,玩耍,
继续长大,和你轻声地说话
用无字的梦中气球交流。醒来的
每个清晨你会听见警鸣声:

沉默的是死亡孩子的新闻简报

另一个选项则是一个镜中映像。
你的孩子回来了,痊愈无恙。
但每个夜晚,你都会再次梦见
他被甩出过山车,撞落在石块上,
在一股涌流中完结。醒来时
你会看见儿子,却要用每晚的睡眠来抵偿。

发现你已经太迟

已经有人轻松地入驻了你的身体。
已经有人拥有了你的外形,加以复制,
向她传达生活可以信靠的观点。
已经有人模仿了你的声音,说了你
绝不会说出的话语,套上
你向来穿不进的快活喜乐,睡着了
在她最贴身的床罩下,你没有去打扰。
他在你的地盘多么自在。当然了,
他只是个神。那个沙蚤对于
浮云又能知道些什么?神之于我们
正如擅长画云的雷斯达尔①之于沙蚤。

---

① 雷斯达尔(Jacob van Ruisdael,1628—1682),荷兰17世纪著名风景画家。

高举起她的河马

我是那天使,能削弱旋转
飓风狂怒的势头。

多年来
一座玻璃之城环绕她拔地而起
一夜之间,这所有的玻璃都碎裂。

轻轻取出她黑发中的
玻璃碎片,挽救她活下去的意愿。

葬礼之后抛掉所有的一切。
她的双手紧握着那些玩具
又再次松开,让它们都动起来。

只有污染的水来解她的渴
远离死去的飞鸟
在破裂的道路洒上煤渣。
太阳下沉时暖意覆盖
有帐篷一顶供落脚与祈祷

有火一堆来驱赶近身的虫兽
有故事一个以组织思绪。

闭上她的双眼,绷紧她的节奏
在硬实地面上倾斜她的四肢
高举起她的河马。

尼古拉·哥白尼

他的推论让聒噪的太阳静默。
他宣告光明马驹来自虚构。
他将老态龙钟的光明神撤掉。
他用不可挽回的烈火
烧掉了太阳战车的轮子和轴承。
他给予地球冲劲,让这汪碧水星球旋转。
他曾经冒犯过神,用他们以为的方式?
那个光明神,所有光的源头,日与夜之神,
那个被欺瞒无人涉足的太阳之神。

曾经有人写过"我曾看见太阳里站立着一个天使"。
跟着那天使变成了一块磁石,暴怒的胳膊
每隔十年便召唤来
暴风雨,管状的拱形双翼
铺伸出千万里。
这神并非背负光源的骑师,
这蓝色的天空也不是大竞技场。
这神是弯曲空间里发光记忆的
聚焦点,一个散发焦煳味的

场域。他的天使都是排气孔，
令人费解的磁极，
神光的守护者
黑暗的奇迹。

安妮柯·布拉辛嘉（芮虎 译）

【诗人小传】安妮柯·布拉辛嘉（Anneke Brassinga，生于1948年），出生于荷兰一个无神论家庭。在阿姆斯特丹大学攻读翻译专业后从事文学翻译工作，间或以别名发表诗歌、散文。其间，她将狄德罗、凡尔纳、王尔德、巴赫曼、佛斯特、贝克特与麦尔维尔、纳博科夫等人的作品翻译成荷兰文。39岁时出版第一部诗集《曙光女神》，2005年出版诗歌选集《关键词》。2001年后，布拉辛嘉多次获得荷兰各种诗歌奖项，2014年获德国学术交流中心柏林艺术创作奖，2015年获得P. C. 霍夫特奖。其诗歌被翻译为多种外语。这里选译的诗作由德语译出。德语译者为伊拉·威廉（Ira Wilhelm）。

海岸（Ⅰ）

简约如以青草以石块铺就的路面
或者在空中飘飞的帽子
人们与你的雪花膏身体对话

仿佛被云雾蒙面
驱赶过来。沙滩上千万只海鸥
高声饮尽刀鞘，章鱼的不幸。

在无言的吵闹中词语就是石粒
我的膝盖从未
弄懂过我的话语。

更不用说，你
来自那远处雾气弥漫的深渊
最贫乏的听闻。

海洋是挂满丝绸流苏的床
仿佛人们什么时候会在那里
找到安息。

元　素

如果每一个前所未闻的开始
都是一次后痛,千百年前的一道光芒
而今才投射到了现在——

如此有名的词语星星之光,
气喘吁吁地降临,太晚了。
我们将还能谈论什么?

只有水之引诱声音瞎掰
以严格的日常语言,
却无人可以抓住
一切都不在

在你化为泡影的咆哮的节点
持续地自我铺陈,
持续强劲的风暴。

尘世的森林殿下

没有爱的光辉将是什么生命?
整棵植物除了果肉,尽是毒素。
是的,我们为翅羽拥抱:看吧,

我们如何闭合为一只甲壳
簇拥花束。极少如此,在花簇里
也是如此布霜的双叶瓣,灰色的沃尔夫

我们面对爱情凡俗地弯曲
为了寻找蜜腺。然而
没有被盗窃甚至果肉丰满,叶片伸张

而光亮的穗朝上,紧紧抓住
夜晚的梦游——
光环,逃逸我们的抓获,彩虹色

极光,划破天空褴褛的长袍
不可放弃的死者,他的爱
通过龟裂的边缘与洞穴熠熠生辉。蚂蚁们

往所有的方向分配种子,
道路所指引之处。哎,花冠柔软的上唇
从今开始粗糙地镌刻其中。

想到马拉美,令我窒息

凌冽透明的眼泪于枝形吊灯上
在墨水瓶里捕获夜晚。最

缺乏凝固的呼吸。
"乡愁?枯萎的泡沫塑料",默默地说

虚无,"有角的独裁,肉欲
处女的雪被,下面是泥炭沼肿胀。"

我是那只天鹅,翎毛扑闪
无血的伤口在白色之上刻着凹痕,这魅力——

我是那石头的沉重与忽闪,
不能自我逃逸的纠缠。

想到惠特曼,令我爆炸

"热诚与纯正是我的心灵……所有的
热诚与纯正,都不是我的心灵。"抢劫,屠杀,
轰炸;过度的怀旧,我并非如此愿意成为森林巨人
惠特曼——一个存在,可以轻易折叠
为一个孤独、金色、躺在街头的叶片,旁边
是喧嚣的叶片吹扫机。纯洁是如何
不真实地澄清热爱,如今,荣誉向我屈服过来
压碎:一个拥抱,对于每一个伤感都是陌生。

想到艾略特,我化作一片轻烟

我是否斗胆惊扰宇宙?这是怎样的一个问题
身处众多老妇人之列,她们在城市的休耕地里
拾柴火。没有归还,

只有当今的日子,从过去拾起繁茂的
沉重。雷声与红宝石将成为蒜头与
蓝宝石——烂泥凝固,在你的翻检中结块

在我的地里。没有看到寒冷的湖泊,
一切声音都飞失如夜莺的口吃,
然而,一经说出,即成为回声的响应,

总是如此却每次各异,新闻
来自复仇者,往前爬行,不可祛除的
疯癫漫游的火焰。

隐　秘（I - Ⅳ）

I

情人，球根植物，为此我们寻找避难洞穴！
你这顽固的懒散将
缓慢地变得恐怖：刻意为祈祷伴随

将被通缉。现在不要这样，仿佛
你从来不会燃烧，当我们如兄弟般
一起费力推动沉重的独轮车，为了光亮

向土层下面投射，注意！立正，
我们，为了挖掘爱情，不要将双手
放在口袋里！如果前景黯淡，那么

我们只能泪水飞溅，为古典的
忧伤而疯癫？永恒的秋日与苦涩的葡萄
噢，在颤抖的灌木丛里呈现于我们面前

此处的口吃,从而你,最爱的人,
如生命的百合从淤泥中炽热地
脱颖而出,让你朝向太阳缠绕

如果必要,你不再向我们回眸。

II

拿开你肮脏的指头——这就是
生命,应该无所探索地存留,正如
当下随处可见的那样毫不在意

此时,在树群里炸弹涂上润滑油
从光亮中滑落,而环绕流动被钉牢
于花岗岩与鸢尾花。在一只翅膀上

要锤击,错误越大效果越好,叶片
翩翩起舞布满如石坚硬的文字,明亮的
铁钉丁零零敲击——然而只是

星象产生,围绕在辽阔之处,你在那里,
她们没有冻僵的光亮最柔软的
反面,没有呼吸也没有睡眠,尽悉

消逝:留下最大限度传递的内容,
在林间地里你小小的形体,
此时,夜晚之处所而我们总是还未

明白,为何我们空空的双手如此沉重。

III

如鸷鸟悬浮的嘶叫,
为了在田野里与窃听者并立,
让自己在编织的寂静里

估量着还没有
巡查的路段。在黎明
获得治理,

费力爬上地平线
攀登,带着长笛与小号,
从后面跟上

朝着遗忘的田野方向,
没有声音
渗透过来。

而我的全部生命

将用来等候

来自那里的呼唤

沉默之物。

IV

天空回忆我们的运动

风暴敲击

来自你最后的那一次呼吸。

风中的一片树叶

白日不断闪烁与

目光孜孜不倦地

吮吸。早先与后来的

辽阔为此来回分布。

泉水,清澈

如泪。然而看吧,此刻你嘲笑我,

在厨房桌上举杯祝我健康——

飘过疆域的女王,在那里

不再有人居住。死亡
我早已品尝,你说,只是
再次斟满。命运却已逃离,

让我们掰开记忆的面包,为自己干杯。

远远离去

我可以在黑暗的日子中心，
在堤坝前的广场，抚摸
一块荒凉的沙滩，那里天空
呼啸，信天翁振起巨翼
倏忽飞向别的星体——

我多么愿意在雨中空旷的大海，
驰骋飞奔的马，让巨大的马蹄，
呼啸的感官踉跄，从喧哗的
水上，消融于激起的泡沫——

我宁愿在深处寻觅，
那里没有日光，离开不适的
火热的核只有一石之遥
那里我才能平息自己，被追剿的情感。

巨 人

为了能写作,写出别人不能写的东西,
你须先阅读一切,知晓自亚当以来
人们想过与说过的一切。然后

才可能添上闻所未闻之作。
是的,来吧,你行:别如此谦逊,
对前人的所有作品,在开始用阿尔法[①]时,

不要节约埃欧塔[②]。你若阅读了一切,
就会成为巨人,比你自己更
伟大而邪恶——无与伦比的阴影,如闪电闪烁

坍塌在一切尚可言说之物的上面。

---

① 阿尔法,希腊文第 1 个字母。
② 埃欧塔,希腊文第 9 个字母。

叶 醉

我被所有感官掳掠，
在心的深处有所感动，
我醉里燃烧，神药酿制的酒，
从我的吾中纯洁，是一架榨酒机，
我饮，微醉，
在脚趾周围镜面刺眼，
通过腐朽的壁龛
我抵达自己的王国。

头脑愈渐叶片遮阴，大脑
愈令微光闪烁，有时波涛汹涌，
如我臆想，如今温柔颤抖
落叶挂满扇子，
深处感动攀爬的品呷，
来自最黑暗的堕落；
是我毕生相依的天性，
从天空持续捕捉倒影。

乌鸫不在

在栗树后面,鸫鸟嚎叫
令人疯狂,旋律优美,
动听极了,然而

仿佛炽热的管风琴之火熊熊燃烧,
在大教堂里(哦,来吧,哦,大家都来
带着煤灰和铁锹,不要海芋根,

不要风铃草!做无伴奏合唱)
迅速蔓延,仿佛在飞
渴望我们泪水泛滥——在他身后,

如求爱的耶稣之树,从头
到脚向上伸出雄壮的蜡烛
甜蜜的薄雾,已滴落燃烧,

上帝挥手,表示感谢,深爱
母亲枫树裸露的枝条肋骨:
抬起头来,孩子!冬日几乎

再次降临!你弱者,无人安慰,我喃喃自语,
被乡愁毫无怜恤地剥削
向往过去,仿佛还留在春日

没有我。然而,此刻连根拔起
我的弹珠是柔软的珍珠和闪耀的
星星,被鬃毛刺得鲜血流淌。

走近,走近,哦,总是走近,哦
来自可怕黑暗的冷块粥
地球的最深处,鸫鸟不在。

呼　唤

如果一只乌鸫在歌唱,我感到幸福。
如果一只乌鸫在朝天歌唱,为美丽的哭泣
在中国,我虽然从未去过中国;

据报道,在中国的城市有了乌鸫,
也听说在一个蓝色的清晨
1603年2月3日①,正如预期的那样,

我的花园在六周后,她的歌声
将再次响起;那时我会去旅行
去中国,或者去我的存在边缘

某个未知的彼岸——正如此时此刻
不幸福的生活?亲自聆听,
正如乌鸫恒常的歌唱,应该是

---

① 1603年,意大利传教士利玛窦(1552—1610年)正在北京紫禁城任职。他1582年被派至中国传教,直至1610年在北京逝世,其间曾在明皇宫里研究天文。

满足了。塞住耳朵,在一切静寂之中,
我每日想象,将成为一个人
或者代替另一个人。

在某处拥有漫长或短暂的时间,
拥有跨越许多世纪的幸福,听乌鸫歌唱。
然后,也许会在我心中响起那一首歌。

肖邦 F 小调里的叙事诗

最好是在钢琴下压榨,
他在那键上获取叙事诗——
切割者,羞怯,磨破了腰

它们内在的红唇战栗,甜蜜的苦痛。
周围藏在钢琴的翅翼之间
衣片污渍珠母褶皱,扑闪

穿越无尽漫长的道路抵达温暖的黑暗,
那里无人居住在地上。突然
她仿佛是最可爱的母马驹,他要

让她消失在他孤独的伤口。
哦,绷紧的大腿,依偎于破烂——
一把锉子,把自己刮出鲜血。

视 野

万物即它物,多次逃逸
响亮通过夹缝,如不可阻挡的
被追捕者,持续中的逃离此地的愿望。
浪花平息,分子长出尾巴,自从时间成熟
戏剧被统一的再次存在烧透——
海洋,一块石头和呻吟的腿,天空
低沉的悲叹和哀怨。第一个也会
在某时成为最后一个?从来不会爱慕,只是孤独,
毁灭,沉入虚无,再也不能汇入我们。

马丁·芮恩兹（赵四 译）

【诗人小传】马丁·芮恩兹（Martin Reints，生于 1950 年），生于阿姆斯特丹，20 世纪 70 年代开始在文学刊物上发表诗歌。迄今已出版了六本诗集，《她来自何处，她来了》(1981)，《身体和灵魂》(1992)，《事件之间》(2000)，《盈利警告歌谣》(2005)，《时下事务》(2010)，《野生动物凸轮》(2017)。《身体和灵魂》获得赫尔曼·霍特尔奖，曾两度获 VSB 诗歌奖提名。其散文集《日夜的工作》(1998) 包含论"新自然"、华莱士·史蒂文斯和汉斯·法弗利的随笔，获得扬·赫瑞斯霍夫散文奖。这里选译的诗作由英语译出。英语译者有约翰·艾恩斯（John Irons），卡尔利恩·范登布罗伊克（Karlien van den Beukel），詹姆斯·布罗克韦（James Brockway），戴维·科尔默（David Colmer），威勒姆·格罗奈维根（Willem Groenewegen）。

食土豆者
或：凡·高的纽能①来信

毛发蓬乱的牧羊犬在农人和织工们中：

择狗道而行，路通往
阴郁、幽暗的棚户区

他没在卖不出去的旧锉刀上
低头磨牙

搜寻某种像软皂、黄铜的颜色

一无所见，棚屋里他除了看到：
土豆，种下的、挖出来的、煮熟的、被叉起的

什么也不想象，只记得

劳动者手中的叉子

---

① 纽能（Nuenen），凡·高出生地纽能村。

熏肉、烟叶、土豆气味蒸腾

在某个傍晚,也或许是白天
或都是,或都不是

除了是狗,他不能是任何他物。

安尼施·卡普尔①的大山

显然

你走过硬黏土
走过岩区、卵石滩、青苔
在长久以来已将自己侵蚀殆尽的河谷地带

你终于停了下来

看着在这里的一座山
它显然已被挖空

所以现在你看到：你不知这山脉
可能有多大、多高、多深不可测

并且一股寂寂凉风开始绕你吹来

---

① 安尼施·卡普尔（Anish Kapoor，生于1954年），出生于印度的雕塑艺术家，在伦敦学习艺术，工作、生活。他获得了巨大的国际声誉，其作品以印度的哲学、宗教思考结合西方艺术的形式和观念表达而备受世人瞩目。

曾经更远方的侵蚀河谷
曾经更高深莫测的崇山峻岭

而那风,或许它是你的呼吸?或许它是音乐?

在你仍沉浸于伫立时
它开始像要沉落。

走 廊

查查邮件是否已在那儿
关上电脑?

打断工作
因为很清楚它已在你的头脑中被打断

站起来离开房间穿过门来到走廊

走廊地面的瓷砖图案,你的脚步
地球绕行太阳的轨道
太阳绕行银河路

你的路径经过盒子,镜子
装着空空如也的购物袋

外面的门

芦苇流苏

一位女店员说:
"你找的东西
不存在。"

另一位女店员说:
"一旦你不找它了,它就在那儿。"

门这边的世界
和你穿过门进去的
世界是同一个

大地稳固,流水涌动
芦苇的流苏在雾中起起伏伏。

秋　夜

脏腑的不适
提醒我肠子的问题

我躺在床上腿发痒

下午踞坐操作台的蜘蛛
已下到洗碗槽里
等待

雨开始落在屋顶上
花园草叶上

一滴雨碎裂于晾衣绳

另一滴轻擦
垃圾箱而后摔碎在一块铺路石上

另一滴终结于飘落的一叶枫槭
沿叶脉蜿蜒至叶边

边缘辗转一周后,叶放其行
再度自由下落,且当
时间到了

消逝于草茎丛中,而在另外一地
很快槭树叶也将入土。

市镇风景

稍停片刻,那人走在
马路那边,你能够看到他刚才在打电话

一路上他四下张望

他已在附近闲逛了一段时间

稍等,看看有没有公交车
稍后,那人就会去往附近另一地区

如果你稍停片刻,整个周边都已消失:
贴着巨大招贴画的售货亭

一排排带门廊、凸窗的房子
凸窗上的植物和栽种它们的花盆,

雨落,不,雪落,不,雨。

无尽的暮光

一个突然的决定
当上一个决定的执行仍在进行中

意外事件
在其他意外事件的过程里

我仍能记得我曾计划做某事
但已不是那事
但为什么几乎是又来了一遍

一抹油彩
经由它你可以想象另一抹

猛地撞上
只是砰然之声仍然到来

旧会客厅

拼在一起的桌子上
立着一茶盘杯子

一只玻璃碗里装着袋装奶粉
一只装着袋装白糖
还有一盒袋泡茶

几只热水瓶,数个储物柜来自遥远过去
一个已经门扇摇晃坠入弃用

一个法国南方的画架
那里空气稀薄天气酷热
因而丝柏看似薄膜覆体

空空如也、波动起伏的乡村景观里,是石墙、
荒芜的乡野村舍

博物馆折叠椅上老去的管理员
成功的主管们

走过时看向一幅幅画作

停车场里的小车
学校巴士里的学童

未曾寄出的信

未曾寄出的信在文件柜里
尚未被发现、被看见
尚未被销毁或被发表

回复它们的信亦一直未被写下
从未被某人阅读、归档

我不知道是否有误会
发生在我们之间
或是某事需要得到澄清

卡车经过加油站
农夫们查看沟渠两侧
蜘蛛歇脚在灭火器后

悲乎我不能去到你们所在之处
所以能否请你们过来这里?

夜晚的庭池①

装饰富丽的池中,泛着涟漪的水反射
灯光,首相府落座其间
古老的月亮

和层云被暗淡橘黄色渗入
腾起如雾霾的颜色裹在周围的一切之外

将你我带到此地的谈天
坠入无声
交通车流的噪音在继续:

轻悄、平稳的风吹过林中
仿佛我们仍站在湖边沙丘间:

一阵无力的掌声回响在两翼侧厅
仿佛我们仍在进入剧场的衣帽间

---

① 庭池(Hofvijver),荷兰海牙市中心国会大厦古堡后面的人工湖。

在这无声的盛景中我们眺望,试图
想象出自这背景的国家部门
那昂贵的贫困

模糊的信件

犬吠声
回响在高地地区的
木屋间

路上载货沉沉的卡车里
信件东倒西歪

长久忍受苦难的严酷气味里
你的美日益增长

我们期待你午后

黑夜的静谧
是每日音乐的延续。

苍　蝇

一个夏日傍晚
有只苍蝇在桌上

如果我举起手中杯,它飞走
如果我放下杯子,它又飞回来

我们是无精打采的一对
我一直播放的音乐
并不真正为我们所了解

在我附近土豆正从黏土中被挖出
在我脑中土豆正从黏土中被挖出

苍蝇和我彼此意味着什么?

夜

失眠驱使我离开睡眠
离开床铺，穿过房子

穿过显然总在那儿的房子

那个脚踏滑板从拐角处过来
停在某处送报纸的男孩
已不再垂头丧气

已渐渐可以看清的云层
也不再心烦意乱

桌上的鲜花
书籍、信件、照片
都不再兴高采烈

疲惫的河流拖拽着自己经过一处处码头
一只只文件柜正吹进空中
日本经理们强化他们的战略部署

在我的无情绪状态中有种奇怪的宁静
现在我正在忘记：
我不再记得的那些东西。

朗　诵

有病的河马们正在朗诵一首忧伤歌曲的歌词，
它也许来自战前

女歌手一手措置于气派的大钢琴
一手托举起看不见的某物

某人小心翼翼地擤鼻子
许是表达某种情绪
许是别的什么——你不清楚

现在狮子占据了讲台后面的位置
示意停下为歌手鼓掌

外面传来枪击声
一头老山羊在斑马线上倒地而亡

专家们开始研究意外的发生条件
构成他们探讨之基础的假说如下：
每一枪战皆有其即时原因

一条宽广的河穿城而过

应当从床上爬起来去喝点热牛奶
但我不想这样做
我的思考只是不想形成任何有形物

意愿全无：
所有的意愿都留在了厨房垫子上
屋外安然。

日 出

天文学家沉思
良久,未获实际结果,
现在他看向四周,自问
我在哪里?

因为那凌乱的结构——
他先前已想象在远方,推涌着的
首日之云团——
已然是朦胧的白:

那白环绕着开始到临的光,
不是浅黄、淡红、泛绿、发蓝的白
而是映出万物的白

无论何时你产生一个问题,
这学者沉思道,
它总是:我在哪里?

而后他向记忆投去一瞥
死期向他挥来当头一棒。

回到起点

在当下之中
居住着它的日复一日
它一步步陷记忆于举步蹒跚

弃你自己于所有被销蚀
在那里的事物当中

它们的消磨使日复一日得存
于奇怪的节奏,在那节奏里
满是书的书架,塞满设备的办公室
变为灰尘的云天

变为在海市蜃楼中微光闪烁的酷热荒沙
变为肆虐的河流,再流进新居民区

因为它不可能是此外的什么,因为它恰巧就是这样

以递增的速度遗忘:
又是,什么事来着?

所以回到思想的起点去
那思想竟已不再是原本的思想。

暴风雨后

窗帘悬垂,但现在他的记忆开始迟疑
他不再知道什么样的举动在当时是合适的

风已平息
他能听到附近的一群蟋蟀
但穿过它们从远处
传来一声低沉、苍老的嗡鸣

它散落而后又重聚
它靠近又再次离去

那些填好的表格沉陷
躺在倒地的文件柜间或柜顶
但行动看似
仍靠这狂野的静物而活

静静地,他找到一处也能平静下来的地方
用他的手触摸那些不寻常秩序中的
熟悉物体

什么样的残留影像浮荡周游在他的脑中？
互相翻转，彼此擦亮
直到影像消失。

布达佩斯

导游带领的游览中你被告知那儿有多少座位

房屋建筑历时了多久

有多少公斤黄金被用上

如果都被点亮有多少盏灯在那儿发光

五十年代躺在中欧的雪下：

落定在房顶

凸起在云杉枝干上

带着聚酯树脂的微钝闪光抵着围墙，

沿路边石展开

只有超市一词能被理解

还有巴尔托克·贝拉①的名字

用右手

旧餐馆里的游客

---

① 巴尔托克·贝拉（Bartók Béla，1881—1945），匈牙利作曲家、钢琴家、民俗音乐学家，被认为是 20 世纪最重要的作曲家之一。匈牙利人名和东方人一样，姓在前名在后，因而他的姓是巴尔托克。

把咖啡杯端至嘴边

以便用左手让未使用的袋装糖

不声不响溜进他的夹克口袋

通过一面镜子

衣帽间侍者和他相互密切注视

屋外的雪里

如一位谦逊的银幕英雄

一条镇定小跑的狗经过。

鸟类学

鸟类学家关了电视
躺下
闭上眼
这样他便将自己与世界隔绝:

真实世界
关上了电视的
桌上是推在一边的报纸
开通的电话留言机
所有他知道的东西都在那儿——
注意到或没被注意到的

有种关联在草丛间觅食的小鸡
采取的不规则路线
和你抖动桌布时
以任意方式掉落地上的
面包屑之间

小鸡觅食的不规则路线使人想起

咳嗽或喷嚏在阿姆斯特丹皇家音乐厅
观众中分布的方式
还有哈欠
窥看节目单

在场景之间你观察
人行道

但是道路起伏、飘动如风中丝带
并且拉扯你的想象力直到它们炸开:

满天星斗
漏出一条银河路
从高耸山巅,翔飞向天

那儿风动
那儿无风。

滕努斯·奥斯特霍夫（赵四 译）

【诗人小传】滕努斯·奥斯特霍夫（Tonnus Oosterhoff，生于1953年），诗人，小说家。生于莱顿，成长于格罗宁根省，大学主修荷兰文学、语言学。1990年出版处女作诗集《农场虎》登上诗坛，获得年度最佳首部诗集奖（C. Buddingh 奖）。2003年凭《我们看着自己变成小众人群》获荷兰诗歌最高奖 VSB 诗歌奖，2012年他因诗歌成就获得 P. C. 霍夫特奖。作为一个数码界先行者，奥斯特霍夫写作动画形式的诗歌，在 www.tonnusoosterhoff.nl 网站上介绍这些移动的诗作。他还出版了三册短篇小说集，两部长篇小说和一本散文集。他的巨著《宇宙的周边》（2015）是小说和散文诗的合体之作，获得2016年度格罗宁根最佳图书奖。这里选译的诗作由英语译出。英译者有保罗·文森特（Paul Vincent）、卡尔利恩·范登布罗伊克（Karlien van den Beukel）、戴维·科尔默（David Colmer）。

换脑人

俗话感觉怎么样说出来给你什么感觉?
不愉快。为它的缩手缩脚不愉快。

(那么考虑一下:)
那说法"跨[境]种子生意"感觉怎么样?
不怎么样;你还是记得 那全[套]说辞。
(换脑人说话不打标点。)

突然在特吕弗脑中是舞会时间还剩一年
可活:咯愣愣的蓝盒子碾平扑棱棱的蓝山雀
障碍与表达的自由。
  我从我中拽出他
那个换脑人进入广告业。如今,每个聪明的广告人
都有了一个他。

我大笑
(记住这个。塞进这个。即兴重复这个。
一个过得去的特吕弗也是一个不错的他。)

诗，就位于此处。我把带着涂鸦签名的他
放哪儿好呢？一首诗真的需要五个你。
（不然你就懂不了它？你是那意思吗?）

广告里有个皮埃尔·肯普
（无论我把鼻子伸向哪儿她都会嗅
我知道：我会是个面包师！
我记得没错吧？别看，别说怎么做。
运行起那个好玩的换脑人。）

噢老友们，继续你们的嘀咕，
历史老师进来了。
对聋子和听力来说换脑人是个坏消息。
"有个我们想要废止畏首畏尾的论证。"
事实摧毁可能性。

对于意义的运动场；
产品激起什么*感觉*？
老特吕弗已敲开了换脑人的广告源，
肯普从岩石中取涟漪。表达的自由。

现在是永恒组织再次获得暂时之名。

"多么愉快我看见那鳏夫……"

多么愉快我看见那鳏夫一小枝玫瑰①
(大剪刀握于另一手,刚才他正修枝)某位夫人所赠。

我还能看见那眼睛,少女的蒙雾之眼如何闪动告别
(在那运兵船旁,运兵船旁)不得不经受告别
经受并不非得如此的告别等待。
嘟嘟－嘟嘟。告别是。痛苦,一个八度降调音。

(每滴眼泪都是在定量黄油中室温中荷兰中的那滴。)

如果我回到这肉身,身体充满
(时间之外的两三分钟,生命无从懊悔)充满噼啪爆响的伤。
我结了婚,养育孩子,看电视,火,火,火,火在甜蜜的村庄。
今天我找不到我的护照。妻子说:"这儿。上心点,老头。"

---

① 脑中有着赞美诗第138首的旋律。

傻瓜蛋聚首

你想让我写什么
问问今天

弓着背站着 + 蹲下在一只耗子边,死的。
四只甲虫啃脖子,
橘色指南针伸指头,非常,非常柔地旋转。
不断重复地不命名

"直升机。""对,直升机。"
根本不是,完全相反。"把手拿开,脏老头。"
现在我的男孩躺在石楠花中
在我身边,指着他云里所见

如此等等,还有圣安德鲁十字架,蜂房,穿过花
　椰菜延展的
　　　　　　层云
一辆联合自行车,孩子坐前座。
穿越颇敏感。直撞得"怦砰 – 嘭。"
"是的,难道不是吗?怦砰 – 嘭。软胎。"

一只蜜蜂嘤嗡风中过。
一只黑顶莺高鸣灌木丛,
了无意义垂条风枝。

像闪闪微光片片暗淡
"怦砰-嘭,不是吗,爸爸?""什么?"
"直升机。""是的。"

傻瓜蛋聚首是傻傻的我们互相
傻乎乎聚拢。

歌一曲。

"整个乌得勒支火车站……"

整个乌得勒支火车站倒在了光中
在十一月浩瀚的层云间,
就这样。
金属、石头、玻璃,所有负重、保护、允许通过、分派
给地面和瓷砖墙的尖利角度和反射。

那些在站台上笔直站立的——旅客们?那听来
像是 *肉色长丝袜*。欧文斯说的 *芦苇丛边沿*。——
向后或其他易变位置一靠,即刻
头下脚上地倒在了针之林,那些从地底涌出的
权力、狂喜、渊深绝望的针之林。

感觉、意识并不从中涌出。
串在一根绳上的人们立于站台。
一个人是一个人的地方必须
　　承受一个人之所有或其所是。
整个乌得勒支火车站倒在了光中。

"我孩子的皮带搭扣上……"

我孩子的皮带搭扣上圆滚滚小鸟

想要歌唱他眼中所见:

河之弯转,流淌这一路。

那么,难道他没什么想法吗?哦是的,

最棒的想法!但是迪基告诉他们你没有唱。

那么

那就

在你断然的紧扣中拾起一个嚯拾起一个啵

嚯一下啵一下鸟儿的尾巴漾起波

扬一道灰光平展在喙中

成一个浪头涌流在鸟嘴

切那固有的光切那芦苇荡

镜子不能教我们什么

尽量(别)像梭鱼,好人。因为梭鱼
不从手中吃,它们吃手。它们吃猪仔,被猪仔噎死,
梭鱼狼吞虎咽,暴死!它们从错误中吸取教训吗?它们
　宁肯死。

无论谁的路,石头、石头、动物、动物、鸟、鸟老是
走进死胡同,一次又一次,它们接受教训吗?看就是戳刺,
就是攻击,是绿中银。梭鱼吞下自己的水中影。

镜中像,看似多甜美,
但是万岁,万岁那偷走镜子的人。

"这就是我的脑筋们说的……"

这就是我的脑筋们说的,
我们不明白这文章说了些什么。
它是用某种我们不懂的语言写的吗?
不,并非我们不懂的语言。
它谈的是我们一无所知的话题吗?
不,我们对这话题兴趣盎然且知之甚多。
那为什么这些话语之笼
看似如此空空如也?

关联趴在兽穴和沟渠里
等杂志合上。我把眼镜戴到
鸽子头上以恐慌为防范措施,怎么样?
因为能理解的句子不运动
而不可理解的句子恒动。动弹不停

我们已将你举到了天堂里,现在你自己去弄明白它。

"噢,在水母中呼叫大海……"

噢,在水母中呼叫大海
大海在水母中呼叫噢
　　　噢
　　　　　噢
浮荡的嘴将自己塑形
为动词原形噢,噢,呼叫饮下噢。
那不知如何解放自己的
人或什么在这里
　　　这里
　　　　　这里
这里这里不可知的这里。

"……甚至记忆离去……"

(她告诉我们:)甚至记忆离去你都没有
注意到,至少我没有,
但是从他的行为方式中。拙劣,
错误使用语词。他开始那样
因为在滑雪时摔断了腿他开始,那曾是
一种精湛技艺。虽然他一直都极其
小心。
那么要命地小心。而我,也是。

我从他打网球中亦看到。
他不再进攻,
仅仅防守。
他对孩子们做出古怪的反应。蕾尔。
我也这样说过

而且度假时不变地总是同一本书。

还有工作时。他只是/想要那样(在桥上)/待着,
(这艘船的船长,)他的

同事们保护

他。那个他。
但总是开始一件已经做过了的事情,
一再地,它
不再起什么作用了。
最后在家这么久,家

现在我看清了(她告诉我们:
有风,但那是在户外),他,穿过它
我甚至不知道如何记住他
他甚至不再是自己

当然他仍在那儿……
可现在是这样
我知道死亡其余什么也不知道
我无疑知道。

"和我们共在的……"

和我们共在的这是个什么身体?
我们的生命是柴火,我们的身体是火,
或者:身体柴火,生命火。
火和木头构成一个身体组织。

这是谁的身体组织?
民众被好奇心点燃,
警察有答案。
他们召开新闻发布会:
这身体组织是那失踪者的。

"我长期有信念……"

我长期有信念,从未被信有罪。
我所知稍多但少于他人所猜。
我想方方面面我都完全和父亲一样(未曾做)。

总有一天,我会失去能力,意识,
嗜好,形象
　　刻骨铭心的头晕眼花

豹

通过脑干,豹
听着收音机、风
懂,不懂。
他举起一只爪子,
拖动一条舌头舔过自己的花斑毛皮。
远处,一起碰撞事故。
一阵大风穿过树林。
豹打哈欠,伸懒腰
猿猴紧张兮兮窃窃私语
它转移到一根新枝上。

"那个刚刚站在门口的少年……"

那个刚刚站在门口的少年
"如果你需要什么蛋的话"
和在学校前面拦住我的
是同一个人,我六岁,很害怕。
我想要什么。他的兄弟也在那儿。
"进去,如果没什么问题……"
"不,"我告诉那少年,
"你到这儿来太不寻常了。"
我声称我们从商店里买,
商店:可靠。
"而且,我们也不吃那么多蛋
因为我们是个小家庭。"
红气球脑袋没有动。
他的眼睛眨呀眨。
"所以。回你的小马车上去吧。"
在缰绳后面,他挥手。他到场,
鞭子噼啪作响,马蹄在路面
击打出火,喷泉。我吼叫:
"治愈我或去死。"

吼叫有用吗?

我如此清晰地看到那孩子,

我几乎能在它身上梳我的头发。

但他不见了,

消失在地平线后。

有巴赫《创意曲》伴奏的诗①

I

那就是说那儿有棵苹果树后来被我们砍倒的苹果树，它有点小毛病

　　有黄色东西在那儿

在那枝上是个

　　　　晃荡的东西

　　　　　　原谅我？

　　　　　　　　一个塑胶的晃荡东西

　　　　　　　　　　一个晃荡的学步孩子不可能掉出来，塑胶尿布套，上帝

之手的一种但是是为了孩子们。

不是那个长大了的马丁居然变得真是高，也许有他在这里时的两倍高，

你不这样认为吗赫尔曼？

　　我也不这样认为

　　　　原谅我？

　　　　　　我和你想得一样少

　　　　　　　　安静点！安静点！我们在请客，朋友们都在你为什么不找出

那个网络视频他们也想看的那个。

---

①该诗有题注"这首诗有巴赫的《创意曲》伴奏，与之同步共趋。"但没有诗题，现有诗题为汉语译者所加。

赫尔曼超过六英尺高，他不理解它，不，人超过六英尺高就绝不会理解他
们自己不再关心的概念
   他们不理解 关于高度的观点

  美能达 美能达

赫尔曼拿着"速8"胶片相机，弯下膝盖，俯看着爱丽丝导拍画面
她的手绕着马丁的肚子正调整白色纸尿布。让孩子举着花朵
在轮船外秀小模样，让孩子逆着光秀，阳光下，孩子爸爸忙着摆弄"速8"
  影子在镜头视线之外因为影子会毁掉影像

爱丽丝看学步孩子的手指赫尔曼在楼上找视频，脚步颇不安静，
快乐涌出影片中孩子的身上像涌出水龙头……谁关上它，谁打开它？这是
  个奇怪的
下午，客人们思忖：该走了吧？

II

沿着西班牙所有出名度假地的海滩线，时髦的荷兰年轻人
观望找出
有钱的游客
  他们共享一杯饮料，分享旅游攻略，
   表现自然但始终在了解这些是否可能是一份分时度假合同的
潜在客户

网络在阿利坎特曾伪装成一只钱袋里出来的一对轻信的夫妇，摄制为短片

一个年轻人如何引诱他们去到样板房

看：马丁！

    他在那儿

        那是最后一次   我见到他

           我们都看到他了   没有线索这些年来他一直在忙什么

车库门受如此完备的遥控，看，在那儿你能看到你自家

大庄园的正面，黄色胶泥涂饰，是的事实上，色彩丰富的景观，你

    可以只是想象风景

多么壮观，我们很快会看到，我们很快会看到，我们将即刻恋慕上

    的风景但是首先——[他们

进去]

而现在我们失去了他后来又隐约见过他一回虽然对此我不是太确定

    赫尔曼认为

不是的但那时我去做了，但是，但是……

[解说员的声音]："在别人接管的地方和被置于不断增长的现在或

永远都不的压力之下。""但我总是会改变主意吗？""你能够总是

    改变你的主意达

一个星期之久。不过如果你现在不签，那么这地方今晚就将属于某

    个其他人了。"

倒带赫尔曼，把那带子再倒一遍有时候我想一整天看着他

然后再也不想然后整天

*网络*在阿利坎特曾伪装成一只钱袋里出来的一对轻信的夫妇

他的卷发
　　更其光亮
　　　　在阳光下

放手去做，去追求它！如果你感觉这般地完全正确你一定得去做，
不要如果但是，现在就做。

即便是一个小孩子他都听到了有声音告诉他去怎么做

Ⅲ

大便和尿通过没有脉搏没有呼吸但是按照医院会诊医师
脖子没被折断窒息但没折断

在喉咙下部是一个小盒子内有宝石生命的力量你可以打开它通过
在舌头上用力拨。

在舌头上用力拨！在舌头上用力拨！在舌头上用力拨，在同一个躯体里释
　　放第二灵魂
通过持续地在红色的人舌头上拨拽，同时呼吸回到有鲜花的船上
　　　嗨爹地。嗨妈咪。祝你健康。一个崭新的生意。老旧的分时度假
　　　　已无效，
作废你回到了我们身边安全、明智，现在你一直在和我们一起观看。

那些旧片子，视频，苹果树上悬挂的上帝之手那黄色晃荡的东西，

样板房的阳台你在哪儿

我必须看到他,我必须看到他

有时候我一整天都想看到他然后再也不

因为某日他会再去尝试

扬·贝克(范静哗　赵四　译)

【诗人小传】 扬·贝克（Jan Baeke，生于 1956 年），做过荷兰电影博物馆档案部主任，目前是鹿特丹国际诗歌节策划。自 1997 年出版《永远不会没有马》到 2018 年出版《暂时性信条扶手》，他已出版九本诗集，同时也与阿尔弗雷德·马赛（Alfred Marseille）合作制作电影诗（参阅网站 www.publicthought.net）。贝克 2007 年的诗集《大于事实》获得广泛声誉，被提名 VSB 诗歌奖；2016 年，凭《季节性八卦》获扬·坎珀特奖；2020 年获佛拉芒颂诗奖。他还翻译有德语诗人诺贝特·胡梅尔（Norbert Hummelt）、拉维娜·格伦罗（Lavina Greenlaw）及英语诗人杰克·斯比塞（Jack Spicer）、德里克·沃尔科特（Derek Walcott）等人的作品。这里选译的诗作由英语译出。从《没反对，也没出声》到《必要的深度》译者为范静哗，其余由赵四译出。其诗英语译者为威勒姆·格罗奈维根（Willem Groenewegen）和朱迪斯·维尔金森（Judith Wilkinson）。

没反对,也没出声

看着春天到来,我不知
我们该如何踏上
这一再重现的全新时光。

一首歌降临于你我之间,我播放了,
而我们激烈的争执令它破碎。

太阳返回,在邻居的喘息中,
音乐结束。
有足够的风将生活吹干净。

你再也不穿的衣服,
我洗了。

我送你走,与你道别,
对你说那些花、那些拜访,
原本蕴含一切意义。
你没反对,也没出声。

我回到家,把一切归拢,
等着看椅子与床
还有套着你衣服的空无
想有什么意义。

爱的劳作

那意味着劳作,很快就会太多,
爱,如我们的顾问所言,温暖但有许多皱褶。
可以想象得见。

爱得适时就很温暖。
有很多可以收割,并捆扎成束。而最终,
充满世界的,腐蚀世界的,都近在眼前。
是时候了,我们要有所为,做出回报。

朋友问:时下的爱是什么,我们能否明白?
我能说的是,通常有可能,只是我们不做。
爱,是私己的,各有各的暗道。

上帝执勤时,愿意站在这暗道近处,抽支烟,
不用呆坐在办公室,挺开心。
他身材瘦高,总是下意识地觉得
自己太惹眼,总担心人们可能认为
他害怕自己太惹眼。

他说，只有劳作会反复出现，而我朋友们对此印象很深，因为这话由上帝说出，还因为，整张照片里只有他对上了焦。

我们的家庭政治

傍晚的太阳。姑妈们穿着很庄重,
喝得醉醺醺,早早退了席,以示蔑视习俗。
唱给阿达莫的诗篇和颂歌
展延到下一次诞辰。

真到来时,哥哥和我都不在场,
他忙着查看地里的西红柿
结出的阴柔形状,
忙得想不到我,尤其不会想我。

一切都可能每况愈下。
我们有历史和政治,
而两者都喜欢危机。
我估计,当姑妈们豪饮胡闹,
亦即我爸妈所说的旧痛复发之时,
危机就已发生。

通常,姑妈们会用尽整个下午,
扯着嗓子给阿达莫唱歌,

巴不得有人大笑。

真到来时,却没我弟弟在场,
他正在扫除残余,然后是自己的琐事,
接着宣称他还活着,
这可算是一件了不得的事。

我们选的花很漂亮,
姑妈们都认为它们适合
任何墓碑。

别无出路

一动不动。与此同时,
身体沿着一排树辗转反侧,
跳过思绪,一道游移的线。

城市越变越小,需要更多地块,
要有锈迹与废弃物,
以及一条辅道
钻入空置的小教堂之间。

远山间,微火闪耀,
太阳尚能穿透那种朦胧。
孩子们肤色深浓,
在晾晒的衣物之间欢叫。

或许是一张宾馆账单,一张
印着逃生路线的餐巾。
明晃晃的泳池,
可感可触,有谁抽着同样的烟。

冬日之光，
地平线上的牛奶，
静心冥思几个钟头，
素描着大自然，
归纳，合韵，紫红景天，庄稼残迹。

必要的深度

字词,犹如咖啡、太阳与汽车,
使用才不会那么容易破损,
不像美貌、不安与睡眠。

借着咖啡和睡眠的影响,
思绪浮现,从夜深处冲洗到岸上,
城市获得必要的深度。

只要透过窗户,
无须理会太阳,借着反光
所标记的车主面容,

我便能看到沉重与悲剧,
贯穿于去报刊摊、面包房的每一趟路,
贯穿于告别的

握手,然后一人进了办公楼,
另一人走向一边;
这已令这个早晨难以忍受,

更难忍受的是，它远离了我所写的，
残存于已经结束的谈话
和对第一杯酒的需求。

已然写下

很高兴我们能够击中核心。
写进兄弟情谊:
我们缺少真正进入我们知识的能力
但应抱持希望借着信仰
一切都会向我们清晰显现。

那是温暖的一天
面包和橄榄
正经历艰难时刻。
我们于此地是异乡人。
还有言说它的其他方式吗?
即便面包和橄榄在此也是机缘巧合。

我们已学会
经由事物的形状和特点来命名
而那足够说明问题。

那时,尽管天气酷热,你前来提问
谁发明了语词

让面包居于其中新鲜又芳香

我所能为唯有指向街尾

那里有路标丛

那里某人恰好经过

某人自称加百列

那里有鸟儿屋顶上开唱

一首洞穿心扉的歌,如戳中你的脾脏。

你真正想了解的

是因爱而在的词

然而那里没有。

只有那因恐惧而与它同在的。

我虚构的他（4）

像往常一样走在路上，读我的手掌
买来一只金丝雀
看你的了。

凭着信心环顾四下。
而后让我的声音飞翔，掌声随后
使其尖利如此困难，人人在看。

现在你我一同进入他种制造物。
我们被搁浅
在了一个秘密里。

不是这里，不在这房间
不是像这样。
令人大为愤怒的词。

答案不是关于无论什么
永远较少但足够的
金丝雀。

这是那金丝雀的声音：
一间空无一人的
房间的声音。

夏天一边

如何把暑热摆脱在身后？
汗流浃背，正襟危坐，思考一个人的责任
以保持思想放空，比如想着"有光"
或拥抱创造的嘟嘟哝哝

看着上帝经过，在路上
砍倒一棵树
或在一个笔记本上默默地写每一种语言。

一队蚂蚁行军在乡间小路上
没有重点，没有消息
没有后代或公司。

穿过同一条乡间小路，农场雇工们
和一个漆黑时代的幸存者们
先前曾走进了村子。

樱桃已摘收，木头成垛躺在屋旁
炉床用未读过的公告维持燃烧。

镇长站在酒馆门口。
"你们有东西吃吗?"
"有,很多。"唯一
仍有舌头的人说道。

*

孩子们的声音大喊吻我吻我。
未被烟熏过的声音。

还没到那地步

执着于一事,另一事非。
今天昨日的两小时重来。
我们有充裕的时间,谨记:

恢复正常但太迟了
所以你被冷落
亦被那在后追随的
目光冷落

如果没有球在博伊滕菲尔德特①的
雾中,球队在哪儿
球一词尚在人的嘴唇上未被说出:
她本不该站在那儿

在那儿
他们发表评论如何投入比赛中。

---

① 博伊滕菲尔德特(Buitenveldert),阿姆斯特丹市的一个地区,被认为是一个现代犹太街区。

没有比赛只有一条新鲜的小裙子
被十一个男人在半空抓住。

十一个男人悬挂在他们的身体旁。
某人正运带,其后一些规避和冲撞
突然发生。

十一个可以是十个可以是七个或
为一些啤酒突然跳出来的,
为我想不起来了的什么。

还没到那地步
当一分钟包围住男人们
以**静默弄干他们**

捏紧的拳头不想要任何更好的东西

来了结失败

如果这将要失败。

请将他带离此地

一个男人如最近被找到的那个,出色地
为这场合制造了一个稍年轻点的,他匆匆一瞥的
方式让你觉得:他的手能握住你的
他的声音能带来冷静。

世界与此对立,巨大,哪里都不能被清楚界定
被从报纸中赢回,酒吧桌和香烟
盲目的烟流,在这一连串后遗失:
比向我们一再祝福的死者告别
更为棘手的告别等待着我们。

云被复制在思想中
因此,同样在思想中,影子支配
广场和对话,为那些燠热和脸挂微笑的人
难以理解地持续存在时间带来凉爽
面带微笑的人向你解释
自杀如何行动、道路的结构
谴责那些难以理解的持续存在时间。

在那男人和世界之间
是整个季节的一部分
许多的裙子,烟和洒在每一窗口的阳光
从左边走来的行人
和骑车人,绕过堆着集装箱的街角。

某些日子,一些事情发生于注定的时间。
其余时光,什么也没发生。

北方波段

很难为历史找一个理想场所。
广播报道交通被严重阻碍。
然后是数字无从确定。
可能吗,在大地的运动
水的不变之外
震惊于一个声音从背景里
走上前来
告诉我们保持我们的距离
加入右边队列直到?

到那时在病房里醒来。
到处是忘却话语中的沙沙声
起伏在窗帘背后
到处是拍打着床铺的水。
在这里还允许说话吗
我能从某处取回我的声音?
标题搞定一切,只是太久远以前太遥远之外。
只是当我,疯狂地打手势,
希望对那一天忏悔,那一天我错位失序
溺水而亡
无人看向我的方向。

在理论上

5月14日,笔记12

棕榈树,表单,概念。

棕榈树。
确定哪里有生长,看见
哪里树叶影翳了花园。

表单。
在热带地方,表单
无能为力。

概念。
我试过没有棕榈树的概念
为萨拉·丽莎,在我变为冬天之前。

概念。
也点数其他的植物。

当事物不再适应,请再一次疏理万物。

5月23日,笔记3

树像学生。
它以简单的计算开始。

一、照片还是不能传达任何
在实验技师身体里、扁桃树、绳索中
继续生长的东西。

二、一台机器或别的什么。靠近了听。
一头动物,一根顶住幼茎的手指
敲打种种声音。

四、三是什么,在表中被忽略了。
所有我们不得不移除的衍生物。
非人类的一切。

十、有时你可以将它留给物体
有时一个花期占据主导。
像一台机器
像一名实验技师实习生。

为树准备新数据。

抑制住想砍倒一切的冲动。

十、为棕榈树做修改更正。出于爱?

出于绝望?

6月8日,笔记32

成长作为一项原则。

成长与棕榈树背道而驰。

天空无云。几平方米内

满是动物和植物表。

很难去想

棕榈林中给定了缺席的风。

当寂静一寸寸穿过下午

而你的嘴唇也未扰动一丝周围的空气。

你说某物

在暗中破坏成长的概念

如果我正确地想象它。

如果我想象它是同一些棕榈树。

6月9日,笔记11

风景中的动荡不安。

如我们所知,通过描述情形
我们服务于期待我们保护的
真相和失败。

所幸,我们无须从棕榈树身上
期待任何东西。
其余的表单皆正确。

星期五是又一个星期五。
就我们能猜想的而言
世界是平静的。

7月8日,笔记4

它是一个阶段

这些关于棕榈树的概念
在一个针对相关物种衍生物的
开花期主题做的讲座中。

他们以一样的姿态

紧靠着站立,老年人的

躯体布满皱纹、引人注目。

天气不可名状地冷。

所有的血都已流尽

去暖热那些概念了。

肺部哨鸣的方式,那些火车。

7月11日,笔记13

也许当人们一直对着棕榈树

津津乐道时

报纸已在谈论从现在起的未来几年

那些表单到了一个老渔夫手里

以一半的价格

相同的河流景观。

从棕榈林出发漂泊了很长的路

鲍勃·泰格[①]的早期

---

① 鲍勃·泰格(Bob Tagge),似指位于美国棕榈滩郡的鲍勃·泰格内陆公司。

和树林维持公司
运转了多年。

下一个将轮到谁。

7月14日,笔记2b

那些表单难耐地孤独。
如果有任何人改变了任何事,生长将停止。

对此多说一些
而后便逐渐消失。

如果生长继续,那么去问个人
当它停止你是否应该高兴。

7月20日,笔记3

我经常性地思考感觉。
感觉充满我的生命
像风,像果园里
齐膝高的草和其杂乱。

当然,所有事物都谈论

它们自身。分支的名字
有其他依据。
乡村道路在夏季里
做它自己的尘土飞扬之事。

今天是星期一
有它身为一个星期一的感受。

埃斯特·扬斯玛（赵四 译）

【诗人小传】埃斯特·扬斯玛（Esther Jansma，生于1958年），在阿姆斯特丹大学读书期间主修哲学，后选择生态考古专业，获得树木年代学方向的博士学位。她一直是一位考古学家和荷兰遗产的资深研究者。1988年出版第一本诗集《我床下的声音》后，陆续出版有《花，石》《喷水孔》《螺旋楼梯上的野餐》等，1998年出版的第五本诗集《时间在这里》为她赢得了荷兰诗歌最高奖 VSB 诗歌奖。她还赢得过许格斯·C. 佩尔纳特奖（《天光》，2000）、扬·坎珀特奖（《万物皆新》，2005）等其他书奖，并因诗歌成就获得了哈勒韦因奖（1997）、A. 罗兰德·霍尔斯特奖（2006）等。这里选译的诗作由英语译出。英译者是弗朗西斯·R. 琼斯（Francis R. Jones）。

薛定谔式捕获

咕噜咕噜地锁定在
捕鱼人世界下的美人鱼
不再挣扎于机遇的无形
之网,机遇变成了真。

她该干什么,当她开始出现?
她知道在她的水世界里
终期将至,拍打鱼尾,
抓挠珊瑚指爪尽皆无用?

现在诸水体坍塌她有多恐慌?

捕鱼人调转小舟。"今晚
不同寻常。看那些云在地平线上
悬垂如手,最后的
光线在那些指间飞速掠过。
诡异的寂静。"

现代主义

这是,一副下颌骨上的玻璃牙齿
天蓝色上腭,从那里,太阳
那个黄金的圆球神,将它绿乎乎的
涎液滴答到顶盖——一座座花园
和公园景观上,这是那理想之城。

这里是午后时分。
我们都在车上,伴着
宁静喜悦的永恒呼声
我们沿道路的滑轨驱车回家。
像机场里的天使,我们

比呼吸还轻悄,不留意技术
像那只独角兽靠近十岁
处女:她微光闪烁在光闪闪的飞机
之具体性和对整全、完美
过饱的渴望之间。他靠向

她的膝头,我们以同样的方式融入

下一条巷道,战栗地,
无可救药地爱上
那场她几乎已装备齐全,
完美无瑕地演出无知的舞蹈。

代表狮子的词

我当风而在的嘴里满是时间,
喷水孔,我呼唤野兽,他前来。
他穿过我的语言波涛汹涌的桥
而来,一道手臂的弧弯拔起
于水面,然后扣住、沉入

镜像。用来代表狮子的词
蜷起,伸展,攀爬,皱缩。
纸页被火焰吞噬,没有哪个词
大到能形容如此
粗野的红与金黄。

他不行走,他杀死距离。
他的啸叫声来自地球的肚腹,
是一处塌陷,一个致命的滑坡。用他的语言
他把我的语言舔舐成碎片,
他顶在我嘴巴的城门上磨牙。

埋　葬

离开腐烂的王国
那里嘴像环绕桌子的
石蜡一样冷，它们咀嚼
剩下的你——一双手

轻拍，飞蛾环绕你的
颅骨，爱卷绕向上像
雪茄烟雾缭绕在语词的
钝刀间——而后进入花园。

他们也在那里漫步。青年人，
他们细瘦的胳膊笨拙、苍白。
他们没有看见你。

给自己挖个坑，躺在里面。
你会发现时间不代表什么。
有时候雨会落在你身上，仅此而已。

我未曾有过的儿子

结果它是个怪物,身覆
一种皮毛,只在石下之黑中
才能找到。他站在那儿
看着我,这真是个奇迹。

唾液从他口中滴答落下。
他不能说话,畏怯害怕;
他看见了地下室外面那东西
它被铐牢在那里很多年。

他气味难闻,佝偻站立,
他饥饿难耐。我伸出胳膊
抱住他。我们摔倒了。

颤动在草地的绿色毛皮中
他开始大笑。他现在仍在笑。
我也仍在期待他会停下来。

就在此地

你沿海滨漫步:大海,
天际线,漫到整个世界之碗边缘的
声响——不,比这小些。

你把你的鞋子按进沙里:鞋底,
山岭风化为无,留各自
烙印于彼此——不,不是这个。

你是某地,具体哪里没关系,
总在一处边缘,陆地或水的边缘
这时候,它所谈及的是现在——不

你贴地爬行。沙尽情高歌,
状如水,水有肋。你拾取最小一根肋骨。
山。你拾取最小一颗谷粒,地球。

坠 落

我们正穿越冥河。
摆渡人醉倒在他的船上。
我掌着舵,我们如石头下沉。

水被造得如同地层,
透明的缎带,曾经更微小
生命、更低温度的闪亮分层。

气泡在你发间开出繁花,
水流向后拖拽你的脑袋,
摩挲你的脖颈。

石头波荡野草和蕨的胳膊,
轻柔唱响咯咯有声的"宁静"。
它们割除你的衣服。

鱼舔舐从你腿上流出的血。
我握住你的手。我想要安慰你
但我们下坠得太快,没有空气

便没有语词存在，我的爱被留在
上方，蓝色气球，匆匆的信标，
在它们随水浮荡之前

标记事故地点。你的嘴张着。
你的脸变红，你的手抓取着
平衡，抓住我的胳膊。

你试图沿着我往上爬。你曾是
嘴里含一团钻石的一名
吹玻璃工。我抓着你像抓只小猫。

我抚摩你的手指。
你没有松手。
你睡着了，我抚摩你的手指，松开。

清　晨

你曾向别人出借过你的脸吗?
短暂借用过不同的眼睛吗?一张嘴
曾为谈论火,谈论水而在?你对着

两个世界歌唱,但丢失了这一个。
你紧紧抓牢我们。并非事实,
你静静躺着,对鬼魂说话。

在你的毯子下面,空无
大张其剪。渴望在你的嘴唇上
爆发出一个个 o 和 a。被水滴

捕获的晨光紧贴你的
手指,你的脸颊冰凉。这是
众树叹息、打开的时刻

也是娇嫩的绿色生灵
逃离到闪光的绝望之手背后的时刻
那些蛛网的绝望之手

先我们而去，在我们的视网膜上
留下一只足跟或一羽薄翼的
匆匆一影，而后复归乌有。哦，淘气精灵们

脆弱，甜蜜，如狂死去
而我们，我们已然忘却曾洒落我们身上的
阳光多么饱满，你怎样躺在这里，

此刻的安静如此充满你，你因此得以是自己
但过去了，都扯淡地过去了。

爱人们

被冲上岸,他躺在红色礁岩上
梦到她的声音在呼唤他,沙
散布他周身而后被吹走。

大海静静地躺在他胸侧。
他的心脏是五彩鸟儿们的
巢。风折回。

一只一只,鸟儿飞起,
它们尖啼,向上飞时被掀翻,无助地,
被抛掷到一边。

他的心脏是个伤口,一间弃室
当她找到他时,他和土地
之间的区别是爱,仅此而已。

她抬起他。她试着轻柔地
合上他的嘴。在船上
她试图合拢他的嘴。

她没有说话，把他的两片嘴唇贴拢。

她没有说话，把他的胳膊绕在了她脖子上。

这奏效了。他的头倚在了她的肩膀上。

他没有说话。他们起航。他们对彼此意味着整个世界。

构造地质学

矿物质存在,大地之舟穿行
地球岩层:我在我们的掌握中。

贴抵地面,时间飞沫涌起。在那卵中
某个人的"我"跟随在层层稀薄的

渴望出离世界之后——它是
一张婚床,一艘大帆船,有人将自己

缓慢如石地捆绑到桅杆上,
塞住耳朵免听塞壬之声,那些时间

细微的手指撬进地面
下到断层、细线裂纹中,

抬起船只,隆起麻木巨物,和我一道
远走高飞进入日光

那里万物,无论生死,都只是它们各自,
血流尽在视网膜上,而后死去。

新　年

烟吹进你的嘴里。太阳
踢着你的头发。穿着无袖衬衫的男孩们
从眼睛上抹去血迹。

外科医生擦亮他们的手术器械
归置好它们。人人向港口
走去。你，在光被废弃的

夏装、烟火的破衣烂衫
和影子之间，尾随它们奔跑
忽然间，你变轻了，

无词状态发生、充满你身心，将你举起
直到你随那全部的空
爆炸，散落在从前安静的

密闭小城的各处，那里夜间，
那里人人是他们所想去到的各处
人人忘记了他们自己安然入眠

正是在这一吸一呼中,你恰好

梦见:一群纸鸟,

翅风飒飒,有一条路,你可返回。

小　梦

打开门
扫掉词
清出屋——惊喜

坐直在
他睡眠的长独木舟里
他漂移进你的光中。

血涌，心跳，
你两手间的
开、合

肋骨的热－呼吸
花瓶，全盛
花期，

小小圆润音，绵绵
雨，一点红"哦"
飞离

考古学 2

最后当话说尽,如果我们必须穿
以御寒冷或以某物的名义穿
在这个或其他过往传说的
遗存中,在帮助记忆的东西中——

这些东西只声称我们曾在此
而在今天以前的时间里再无别的内容——
如果我们能在这个"当下"里通过不断地发明出
我们自己,确然地只待在这个"当下"

那么让我们通过穿衣,来使其保持简单。
你坐在桌旁。你突然看见
某人穿过冰原,你看到寒冷

或某个其他结局怎样击败了他,你说:看,
这儿你有他的手套、鞋子、皮斗篷。
"时间在哪里?时间在这里。"

历史事实

现在,这一破旧房子里翘曲木头的
寂然无声,是这个事实
就像玻璃橱柜里被先前到来者
用得焦煳的炊具是个重要物件?
或是这个:他们过着躬身于条田和柴火之上的生活,
失去他们年轻的牙齿,年少的孩子,
倚在工具的手柄上,张着
牙疼扭曲的嘴斜睨着任何不同的
事物(旅行者,漂亮女人)。
有时候搅扰只因干草叉的刺戳。
他们气味不佳,事实上在他们身上没有任何
好事,他们卖命地劳作,
相信神和无数错综缠结的罪孽,
他们宰杀猪为食,屠杀异乡人
以安心神?

构造测量

这不是我所预料的被死板重复
遮蔽着的黄昏,(龙骨翻转向上的)
倒转沉船是其顶盖,这是
久远年代前的黑暗,那个家畜吸气呼气

夜里轮值时人们痛苦呻吟的年代——
谁想到过回到那时会怎样,谁知道?
我们测量椽子,记录木匠的标记
在天窗和桁条上打洞,我们工作

到天色已晚。我们是影子
想要,不,希望成为更真实的东西
比起这儿的手边所有物:木头,
每一个用它建造、不在这里的人。

万物皆新

将会发生的已永远在那儿，完美地
被一只破碎的杯子解读，陶瓷碎片
带着拇指的印记
战栗脚本风的高清晰小枝图案。

它不是我们杜撰的故事而是某物，
它曾在这儿，仍在这儿，在沟渠、
柱桩、冷凉已久的柴火之迹中。
只是需要被发现，仅此而已。

某个人需得细看而后说：它是什么
它是这个，在那儿它曾是，一座有壁炉炉床的房子
人依旧，且从来都是他们自己
第一次在现在的这里，坐下

手掌温暖，靠近火炉
握住一杯，漫话闲聊和滴答雨声
缀成声音之圈，无事重要，夜
隐匿的层云，外面，寂寂的万籁

俱在梦寐或等待白日来临
是为屋顶,环屋顶而在的墙
房屋之砖石已旧
却在今天因再次被发现而新。

墙

这就是我们说"它是"的方式,简单的
"这里"和"我们",这里在我们以风景
为建材的广厦里,在我们懂得的草地、
牧草、道路、水、农田中。

星辰和神灵满布的水晶澄澈之域
是我们的屋顶,这里所有的行动皆言说
自身——因此他们必无空间
留给未驯服的、仍无知的东西。

但在这思考的曲折边界之上,
胶泥黏合的计划给我们贴上标签,敌人永远
等着,而我不知他是谁,他不会适应

活在这脑袋、这秩序、活在今天里,
我生活在今天,就像身在充满了
危险和喧嚣的夜里,关上总被吹开的窗。

逃 脱

过去我一定是不知道她纯洁的
小脑袋在我的脑袋里,她的小手
在我手的形状中。我不记得那了。
以一直以来她父亲的身份我回顾自身。

据说她不再存在了,因为
某个事件,几句话,一个眼神,一种意图
她从今天起人间蒸发了,但她一定是
像油从打碎了的灯中那样逃脱了

因为我懂得她,难道我不懂得这个世界?
她属于这里,如果没有她,我——至少
让她做我的脚边石,做远处尘土
斜坡上的那棵树,做那边的那只鸽子。

收集者

这不是在某个阁楼里发现的而是
在岩石底下,像是一个现代死亡的
遗留物,软塌塌被无视的粗麻布
在继承人,我,收集者的手中。

使我渴望进到深处的不是得到高处
东西的欲望,它微小、粗野,拾起
清洁工留下的衣服——转向凹凸不平、
雨水浸染的石子路——去了解它像什么。

在东西消失之后翻箱倒柜,过去的
人,零打碎敲的思想,导向
行动的结果——刨平木头

小衣服上剪下的碎片——很久以前的
那些时刻,确曾消失,仍然消失
直到有人拿起它们,读出它们。

初　始

忽然她看见了世界究竟有多广大。
空无是她曾料想的道法
事物比她曾以为的更为满溢

色彩更斑斓，透过她曾在其中
发现了自己的玻璃，她看到
贝壳的内里，形式和纯粹的它本身

在其中经行，自始
至终，一道可能性之彩虹
吹散流溢进生命，遗失而后又复得

在岁月于它周身上下遍涂
它们的贝母珠光之后，曾经那般脆弱
它躺在那儿，就像是躺在她手中一样。

荫

我们没有死亡,我们无非
是些思考着的纸巾,记得思考
纸巾的人,像现在这样翻译的话
你已死去十年——十年间

死亡不存在。我们记得的东西
一秒前消失的和消失千万年的一样
从"不在那儿"的它们自己的角度看。
完全消失。所以没有"是某物"的你。

我们存在于阴处,海浪的
咆哮永远始于它的下落
——所有那泡沫,所有在头脑中的消失
我们这些不在那里之人的头脑。

房　子

声响属于我的耳朵，门
属于我的手，红砖
属于我的眼睛，地板属于我女儿们
阁楼属于儿子们，或者相反

它整个属于我，我住在里面像是
睡在我呼吸的安全墙帷间
直到风摇动它们，忘记砖墙
和我的眼睛，而后平息下来。

将会有另一阵风穿房而过。
也许你现在仍在这里，也许不在。
会有另一阵风。

某人有一所房子，声响属于
她的耳朵，门属于她的手，
但它不是我。我们不在那儿。

K. 米歇尔（程一身　赵四　译）

【诗人小传】K. 米歇尔（K. Michel，生于 1958 年），自第一本诗集《是的！像石头一样赤裸》（1989）以来，已出版了六本诗集，最近的一本是《宇宙在步行三天以远处》（2016）。他的第二本诗集《繁荣之夜》获得赫尔曼·哥尔特奖，第三本诗集《水研究》（1999）获得荷兰诗歌最高奖 VSB 诗歌奖和扬·坎珀特奖，第五本诗集《低潮期间你的岛更大》（2010）获得吉多·哥塞尔奖和阿水诗歌奖。他将奥克塔维奥·帕斯（Octavio Paz）、罗素·爱德森（Russell Edson）和迈克尔·翁达杰（Michael Ondaatje）的诗译成了荷兰语。米歇尔是《光栅》的编辑，并和林德耐尔一道负责《特拉斯》国际文学评论刊物。这里选译的诗作由英语译出。从《好吧》到《那是昨天……》译者为程一身，其余由赵四译出。其诗英语译者为保罗·文森特（Paul Vincent）。

好 吧

先看几桩事实：

人是唯一会哭的动物

为何（猿不会？）我们不知

正如有两种沉默

存在着两种裸体

一张地图是一幅风景画

你可以把它折叠起来

信有声音

但那些返回寄信人的信有灵魂

在英语里它们被叫作"死信"

一旦返回，信

就被压缩并被撕碎

这并不能解释雪的起源

或鬼火的出现

"是"和"它"是神秘的词

就像你想不起你的出生

你将记不得你的死亡

DNA 的信息

在你的背部完成秘诀

没有塞子的事物认识不了冲突
没有塞子的事物
除了那个想弄明白
什么正被算入"几点了"的人
好吧,风也哭泣

第二节

重读它听起来就像
性交后的悲哀感
吐呼　哇　啵呼，吐呼　哇　啵呼

如果大声重读它
你就会看到打开的风景画
瓦登海十一月的沙丘
格伦·科东南荒凉的旷野
你闻到一股泥炭味，石板
粮仓里两只悬挂的野兔

五个沉重的音节
携带着比所有元素加在一起还重的重量
吐呼　哇　啵呼，这个地球没有形状和空隙
在希伯来版本的"创世纪"第一章第二节里

它们预示的事物不可想象
开始之前的开始，一种如此原初的状态
我贫乏的想象力

只能想出不充分的明喻

甚至好莱坞式的地震
海啸,飓风和火山喷发
和那时的恐惧比起来都微不足道

或许在你入睡前
使你身体抽搐的突然痉挛
是那种原始力量的遥远余震

痉挛表明:
有睡眠,有梦
疲倦地浮现,在水下摇摆
但我们被并不牢固的大地承载

向天花板演说

海豚以前是陆地动物
在气候条件的压力下
它四处走动,呼吸困难
海豚被赶到水里
已过数千年
它以前发育完全的腿变得越来
越短,直到它们几乎消失
海豚从干燥陆地的生活中
保留下来的东西是肺
在进化条款里这很奇特
因为好处是它们在水下
可能它有一种即使间接
但有益的用途
——考虑到体毛
尾骨或在更开阔的环境里
诗人的持续生存——
或许进化的好处是
它能使海豚
不时地浮出水面

从水中跃出

瞥一眼蓝天

星空或阴天

和海岸

鱼也能

如果你持续站在海牙的皇家庭池

直立像一堵壮丽的水墙

让光照耀深处

递给城市一枚透明的镜子

一种古金色的光辉拂过房顶

有人将首次高喊"看"并指着

所有鸣叫着开往车站的车辆

所有会议突然结束

街道充满了目光和骚动

一席盛宴,秋林中的猎人

印章和公文,佩面纱的裸女

每人从泳池墙看到的都有所不同

但他们都朝时间深处回顾

最终皇家之鱼也能

越过屋顶干燥的皮肤

观看那闪烁的塔楼和冰宫

沙丘旁的树林,黄色沙滩

"看",鱼相互轻触,"那银灰色"

那闪光的泡沫,翻腾着巨浪

延展到地平线,远处

是大海,确实那里有大海

那是昨天,而我此刻赤足

从穿过泡沫的波浪
沿沙洲奔涌
怀着最美的意图
我沿海滩奔跑
穿过沙丘松林
经过灯泡场抽水站
经过雾气笼罩的草地
像梦一样缓行的奶牛
成排纤细的杨树
向汽车站摇摆
成堆的甜菜叶
拖拉机孤独的慢跑者
正面的花园浴衣
郊区里橘色的棒棒糖人
经过镜子般的办公楼
绿色的停车场
穿过购物中心和特啦啦音乐
来到多媒体装配基地
向门卫点头示意

在剧场的公共入口

朝女招待挥手

在咖啡桌边我滑

进观众席的浪花里

然后走下剑兰红的通道

放松但控制

像个通晓世故的人

拿着麦克风

自己活也让别人活

试图打开我的嘴

（尊敬地）（在我看来）

使我破天荒地大发雷霆

突然

发现那个麦克风

看起来就像一个暗灰色的

吃饱的鹦鹉

白鼻子

砾石路在清理喉咙

一串咳－咳－咳

拒绝把 a 变成坚硬的 G

在头脑汹涌的海上

他说你说我们

清洁漂浮在闪光灯中的微粒

它必定它不可能是这种情况

逗号与感叹号的阿拉伯图饰

冲突
我轻敲麦克风
123
用我的食指
用微弱的点头
那吃惊的鹦鹉
呱呱叫"在我们的行星上
意见被认为是
生活的最低形式"

归　途

那会儿我们出门时

已是晚上，但天不太黑

浓汤般的雾中，所有浮荡穿梭路上的东西

都看不清，我们从小酒馆

一路走回沿着道路中央

断断续续的白线

这使我们头脑清醒

外面没有车，不管怎么说

夜晚已然公平地开始

先前整段时间里我们无所

不谈，另外也喝

万物渐渐倾斜

找不到突破口

在城市边缘的环水管旁

一阵风起

可见度不太密实地增长，其实未长

你能闻到周围田野的气息

在离船屋不远的

纤道附近的围场里

雾中有物扰动

白茫茫中的一片白

巨大,缓慢移动

覆披白霜

一匹小马隐隐现身

它抻长脑袋

越过围栏

黑鼻子黑眼睛

满是疑惑

问　候

我记得地板
嘎吱作响，喜鹊在园中
结霜花在卧室窗台上

你说过，在前世
我是一幅水彩画，没一根空白线条

瓶中的野牛草
漂浮如一匹海马

我数到一百之后
开始搜寻，
错过了最后一步
在黑暗的楼梯间

候机大厅里
空气突然凝固
当我走进一堵玻璃墙

是的，此中藏有巨大乐趣
但如果找不到你了，巨大灾难

掌上纸

a.

画一条线
有了一道地平线
再画一条
有了一道河流

没有月亮投下影子
没有草地绿波浮动
没有风含种种音声

在空空旷野
两点白
不放射光芒

在你嘴里
呵出的气息
不在寒冷中振翅

b.

这边和那边分立
于河的两岸
你如何到达彼岸
我问随你吼出的波浪
——你已身在彼岸

c.

现在填进名字、色彩
影子和水
蓝色水流开始流动

从树上下来的

哎哟当然是最先来到的
紧随其后的是姆姆姆
然后是的然后没注意到在哪儿
还有呸、哦

第一个句子以我想开头
第二个问我们不像类人猿目瞪口呆
第三句在我们干的事中

现在数万年之后
我们终于能够说
花园家具坐垫储物袋
浮动利率

而世界已从一个流动
餐车变为
喧腾闹嚷的市场

但是在裂口之上
仍有那撕裂的声音

经验法则

在我祖父母的村庄里，
如果房子不干净，他们说
把一头猪关进去一整夜
魔鬼住到猪身上
第二天早上什么都干净了。

在那结构里，每一生命
都有被称为开悟的一刻
建议很难给出，一条裂缝
覆盖了罗夏图案里的墙
它散发出曾隐藏在
一个古老游戏中的某种东西的味道

环顾桌子四周，试着
找出谁会是倒霉蛋
是牌戏玩家的一项金技
如果你看不出替罪羊
那就只剩下了一个选择

所以在这新的一天
我对着刮脸镜中的脸说道
当你身在洞中,别再挖了
准备好说哎哟和是的
环顾你周围,在所有房间里搜寻
如果你找不到那头猪
它就是你

再见见见

只要我没有已经在那边
我就没感到受召
去对来世
说些什么实质性的话
有那么一两点确是事实
空间中的每一事物均有一反
面，时间中的皆有一此后
关上的门变成墙
变成房屋变成花园句号后是路
下一个句子从一片空白开始
思考只是真不可能
除非这样——以一对对概念的形式——
我们知道并无真正终点
如果始终离奇古怪那是四季之错
如果是唤醒预期的完全同一的
（即便对第一个前类人猿）
怠惰规律，那也是四季的错
那是第三第四点
我想向圣殇、马丁、帕斯卡尔、里特阿姨

送上我的问候

最后我注定会说到

那个整体概念

它最能让我想起的是一个交通路牌

(在莱斯河畔昂村附近一个交叉路口上)

两个大大的牛气哄哄的箭头

左指箭头下

写着所有的方向

右指箭头下

其他的方向

Å I Å A Ä È Ö[①]

因为今晚我们看见

闪亮如马赛克瓷砖的声音

它们重如驯鹿脂肪

新鲜似站台上

渐干的冲洗痕迹

因为今晚

清晰的征象

如繁忙酒吧里的卖花人

从背景噪音里出现好彩头的十一次

因为我们自己的耳朵

听到了

北方八百公里以远的

噢耶之声

可能意味

还有在那河中有座岛屿

---

① 标题诗句是一句瑞典语方言,一般选择保留原文不翻译。如译的话,意为《噢耶》。

我们

在礼堂里

悠闲聚集

声响像"突鸣"之声

而后极盛,愈益嘹亮

突呜呜呜呜呜呜呜呜呜呜呜呜

声音涌起

音量增大

在宽阔楼梯的顶部

轮船出现

远洋客轮

天鹅缓行迤逦而来

威风地步下台阶

对角线方向而去

穿过大厅来到玻璃前门

未闻有声

便航向了广场夜海

我们目送、挥手

啊（洗澡歌）

啊

哦

啊哈

哦嗬

啊　啦

啦　啦

啦　啦啦

啦　一

一呀一

一　非一

不是

不是爱因斯坦

那是谁

曾说过

在一和零

之间有

一整个

世界　啊哈

不是爱因斯坦

曾说过

钟表数着

呼吸的

进与出

不是爱因斯坦

不　在

一生的

努力之后

今早

我意识到

时间

流逝

当我在淋浴器下

唱着歌　是的

但时间并不存在

等等　不

& 那边　这里

是同一条

河的

两岸　是的

啊哈　啊

& 你和我

都是

液体　啊

啊哈 哦 哦嗬

进与出

啊哈 哦 哦嗬

& 不是爱因斯坦

还辩称

退潮时你的

岛更大

蓝绿色

进与出

黄绿色

如此等等

流淌在这

进与出

& 尽管

铁锈

步步增

长 啊

是的 啊

有许多东西

你不懂

不是特别不

那些你不懂的

看这儿

对 看这儿

研究证明

打哈欠

冷静头脑

& 你看见

一个花瓶的地方

我看见

两张脸

看这儿

& 而在月亮上

天空是黑的

在火星上　红的

& 钟表数着

钟点的

烟幕弹

但是你

看不到它

不　看不到

就像你

看见帆

但

看不见风

进与出

而不是呼吸

啊　是的　啊

啊哈　等等等等

啊　等等

在一和

零之间

有一

整个世界

而不是那个无

一　非一

一呀　啦

啦啦　啦

啦　啦

啦　啊

哦嗬

啊哈

哦

啊

安妮·费赫特（赵四 译）

【诗人小传】 安妮·费赫特（Anne Vegter，生于 1958 年），诗人、童书作家、剧作家。她的文学生涯始于获奖的童书写作。1991 年，她出版了第一本诗集《回弹》，迄今共出版六本诗集，最近一本为《大数据》(2020)。1996 年，她以剧本《庄重的权利》开始了剧作家事业。2004 年，她以文学成就获得安娜·布拉曼奖。2011 年，她凭诗集《岛状山上的冰川》获得了阿水诗歌奖。她是 2013—2017 年的"荷兰诗人"，是在此荷兰桂冠诗人位置上的第一位女诗人。这里选译的诗作由英语译出。英语译者有阿斯特丽德·阿尔本（Astrid Alben）、约翰·艾润（John Irons）、威勒姆·格罗奈维根（Willem Groenewegen）。

从 12∶15 到 13∶00

今天——在午餐休息的休息时——有个人想知道我是如何
　工作的,
我打哪儿得到的想法。业务信道我说,关于想法的问题是

问题皆始于它们开始之处,源自此间谈话。从下面
听起来树叶声是一种压抑的抗议要么叫它欢声雷动

只是发自以手捂住的嘴。笑声喷溢像一班十一岁小学生试图
(不去)想象女孩坐在马桶上干的事及是否有可能偷窥。

它可以是,我说,某物飞掠而过(一只喜鹊)。晚间来临
我知道正确答案听起来像,正从窗口飞来:尖利、纯粹。

出去吃

满心欢喜你能把事情做到最好
满心欢喜你也能做得恰恰相反
如果在之间没有用餐时间!

先前,吃饭从未作为一个问题被谈到。
一个棘手的问题?
但是从孩子起便存在!

他们真的完全不吃那些我们发现他们该吃的东西。
对所有那些成年人的废话,他们直接报以嘲笑。
西葫芦,没门!紫茄子,不能更疯狂了。

"儿子从萝卜里切出脸来"
(一条舌头穿出来,他的舌头,到了这地步餐食显然
  被毁了)
但试着把羔羊们肚腹空空地搁床上,他们咩咩不休。

他们中有一人很吓人地把他的荷兰盾投资在了"熊之
  啃"上,那里胃黏膜被酥炸。

我支持"那没关系",我是哪一种人?
就给我做份带美乃滋的。

对,带美乃滋的炸薯条!
也给另一人来一份。
对,带美乃滋!

对,带带带带带!

假　如

今天死神终于穿越了我的领地。
当然，没带那傻乎乎的大镰刀，

但真个是从所有图片上下来的那个死神：
狡猾，高个儿，邋遢，恼怒，

踢着一条左右乱窜的地狱犬，
那个三层楼上的莽畜，

像是在每一扇门后嗅闻鲜血
却太过智昏而无能捉住

哪怕一滴
血，都不依附于死亡。

呈对角线地穿过我的领地，
那死神已发展出对于形式的直觉，

转身，神只知其目的地

而我当然早已打开了门:

多年来我好奇得要死。
假如他给了我那个词

所代表的死神:假如。

延期偿付

约翰的葬礼过后,我们回家
那里无人发问:约翰真想活着吗?

(他每每总是发疯,在葬礼上,
也许是忽然间厌腻了它们)。

那之后,他又一次拜访了我们,两年之后。
说起:"我母亲不会停止唠叨那台加热器,

别拿这反对她,她想念我。
她相信付钱有助于抵御痛苦。"

当我们挪向出口你没听到有人说
约翰过得一团糟。

刚才走过大门时我们注目彼此
但人人都沉默,一如死者所习惯。

他的妈妈高栖于一枝,有些许不适

在一只鹰状猫头鹰的身体里。

这鸟的真名叫雕鸮,专家说
其意为"我抓住你"。

私人消息

你看不出什么来,它也不触染。

不过……就你的年纪你说什么来着,二十?

银河系转向,

它看似在我的眼中。

这位女神置入不及一发之宽

在上方之路上:只是让它洒落。

或者说流星雨下。

希望,便宜买卖:你可以和它一起变老。

"如何辨别这样一件事?"

穿白色夹克的人在强迫症地点数他的明细表

完全无济于事:她得到它了,她没得到,

她没得到它,她得到了。

那种特定的知识能够强迫另一个谎言

获得激情形式,小太阳

穿过诊所窗户欢快地刺入。

那个老男人,也许是个全科医生,将要,毕竟,也,
　　最好不要。

他那下流的工作。即将二十成人,同上。
下午去公园如何?强奸一株白桦树?
或是下了地铁后,在美好玛莎百货用一盘盘杜松子酒
和弦乐五重奏《端庄》塞满你的胃?
费赫特太太突袭了一场自发的色欲之战。

现在什么也不想说了,一纸空白
& 为进入上帝而磨快的刀。
为了那欲望对象。

表演与绊倒

穿上这衣服看着邻居们午夜时分温柔地
在箱子里藏他们的垃圾袋带有强烈快感。

穿上这衣服呼停一辆不情愿的出租车
载你到阔叶林蔓延的城郊带有强烈快感。

穿上这衣服造出一声淹没野兽的声响
攫取花枝招展的王后的注意力带有强烈快感。

带这衣服去一场飘飘然又完全清醒的戏
摸着黑找到通向舞台出口的门带有强烈快感。

穿上这衣服突然行动,乘上热气球旅行
像个磨蹭的宇航员下瞰贵国的大地拼图带有强烈快感。

在这丽日和风中被小心翼翼杀死带有强烈快感。
尖叫的声音而非衣装宣示裹尸布。

与此同时,在家

穿着我最后的衣服我等在校门口
一位母亲问我感觉如何。
那儿有速溶咖啡。
我失去了勇气,没能选择一个出自
恐惧的答案作为我的回答。
在记忆和未付清的账单之间存在着联系。
我的儿子已出来,孤单离群。
他用他的鞋子换了新游戏,
设计师品牌鞋。课后托管已关门。
对上帝的突然一瞥。
在家中,在借来的冰箱品质不均的光中
我在网上耗尽整夜。
再度绝望。我将如何担负我的决定?

时中 & 时不中

如果要花时间,成为安妮·费赫特。
我冒险一试,将盘子保持在空中。

当然,这只是和我一起乱打鸟枪。
昨天有人说或者它正合适,或者它滚蛋吧。

有人说感兴趣的基因
生长泛滥/理论家们想要糟蹋的!

并非必然要耗时间,但是大脑
(想到沮丧的年月,称它为

欲望的反题)凸起。
读者们渴望某个人物以便喘口气。

表　象

问那是如何发生的，夏天在那男人身上迷失了方向，没能
　　找到出路
而那男人消失如涨水的面团，他红光满面、星眸闪闪，跌
　　了下来。

问那是如何发生的，那诗人说母亲的雄心是废除
欲望，但她的孩子弹奏父亲的背像弹一件带斑点的乐器。

问那是如何发生的，那孩子抱着书摔下楼梯，躺在楼梯底部
像一摊泼出去的水，无论谁展开摔坏的他，劈了的嗓音：
　　书上没说到过。

问那是如何发生的，欲望收束宽度，她的回味是一次记忆
和不那么不证自明地瞥向"一场为饥饿肠道而跳的钢管舞。"

问那是如何发生的，地球作为一场爆炸存在，一次刷色，
　　一个裂口，
作为一种感光乳胶。作为聚合物。看：地球作为品质证明。
　　地球　作为　一个　纯度印记。

冬天的户外生活

我们没赶上你,只因当时你的出发已不能再推迟。
那天晚些时候,*爆炸新闻*是你在后座上一下坐直

断然拒绝评论。有词描述它吗
或一次试镜会对你有益吗:可以得到工作室空间

一个嗓音尖细的年轻教练有无价值的小窍门。在光中人人
   光彩动人,
有人对你的观点指指点点,我几乎有能触到你的感觉——

顺便一提,今天人人擅长于令人害怕之事。
一匹马在雪中跌倒跪地,你说这就是他们将发现我的方式。

流浪汉

动情的寒冷,零度以下,你说我的两腿之间
在候机厅里。在你的背包后面我们心心相印地拥抱,

我本该快乐地吞下你。你在听我说吗?

我们像瘦长结实的鸟;你在纸上设计了一个致命打击
使你有些带着厌倦的事后乐趣。以那种办法找理由够棘手。

当玻璃杯破碎在你指间,你找到了补救裂缝和盐的办法。
地毯龇牙咧嘴。最终会有某个人忍耐下搞砸的一切,撑住我。

检查站

我父亲说成长时我不应该引人注目　所以我不增长重量地吃
他父亲说背叛祖国的男人是在为了烤炉而鞭笞宽恕
他母亲说那个了解其守护神的人可以不与神同在而结婚
我母亲说那个背叛妻子的男人是想生下杀人犯
她母亲说去奶奶家的小红帽是去亲吻她的狼
她父亲说她不应当害怕　因为行为比动机更有价值
我父亲说那不是因为一位天使参与了分裂　而是因为
　　一群死畜

我说世界的表现整顿过迟　拜老旧法令所赐
我说临到我身的预言像曝晒过的盐　待在我的头上
我说在我的梦中我逃离这个并被被拘留者所爱
我说沿着我的梦我奔跑在铁轨上，被抓住了　那正确
我说在这样一个意外事件之后我遇到"无人"，空无
　　比双倍的空无更有分量

了解更多 I

要求一个祭品便是在要求一座山的重量
在任何一个关心为何河水刚才变红了的人看来就是这话

在我大脑的"羊"半球和"狼"半球之间,时间用诗歌
戳破我战争的假面具　交给我一个密码用它可鉴定出野兽

在雷达上　羊左狼右　敏感信息对
断裂点　向上推起面具　略过祭品　翻过山岭

了解更多 II

如果你被卡在一块岩石和意义间,撒
些可食的字母"风景无目的地服务于动物"。

反之亦然不是实话,快乐使我们更漂亮。
你取河流到你的臂膀间,中途亦取山峦

和大地,这使你脱离隐喻机器得解放。
有人将字母粘在皮肤上:未来正当,

过往,面具,高度,凹痕,但不是好像。
有人以忏悔取代床。好像不是你干的。

哦，别爱得太久

在所有你睡着的模样中，我已发现死去的你
是最美的，我无法移开眼睛，
亦无须告诉你。我把你的精液涂抹

在我的五趾蹄上，方向至关重要
我们看似安全了，跟在后面的飘来荡去
放松地进入你记忆的肉冻中，

我们前进。我们经历退却，追忆往事
只在此刻，共同。我会怎么说，我实际上
说着你的语言，偷渡者，回声来了：

一部分可以收听，一部分无声无息，
一部分抵进到超越声音之处。曾经你在墙边，
唱一句神圣诗行，如今你想要

向谁人呼喊？你无法切割光，漫游的
部分存在于我们体内，无论我怎样亲吻
你徒然紧闭的唇。我们确实是最后离开的人。

在忠诚的天空下

你的恋人记数你豪饮间的间歇。在房屋下面
知更鸟以沸腾的句群向知更鸟群咆哮着夜和有趣的主题。

他把我逼近角落(一个恶作剧)。我们度过无力的一
　天。有东西爆炸,城市
弹起。然后是为动物福祉的议定书,你的恋人说。

几乎是一种有节奏的、值得赞美的音调。我信任慷慨
　的世家,
尽管我奇怪地站在手的波涛中,这会儿人人都在咆哮

城市黏合它的膝盖。没人铤而走险,他说,或只有一
　小撮。
首当其冲造就受害者。有人也许以为那很容易,但我
　指真的受害者。

通配符

这是一首无忧无虑的摇篮曲,别处
未发生的事在这儿也没怎么发生:

一个石榴红色的宝贝扩张它小小的丛林嘴。
所有读它们的人认得出摇篮曲有关于

亲吻,威尼斯软百叶窗和父母/看护人。
在枕上怒火汹汹,醒来如一尊灰之雕塑。

一位父母便是一所房子。谷奇谷奇谷。食物,饮料
特啦-啦-啦-啦。一首摇篮曲撬开了爱,

欢乐气氛和无忧无虑。过滤了光,
空气充满贵重无价的纯净。

若与幸福相较,我敢说它是云中天国。
成长机器的父母/情绪/组件——

宝贝的第一次,宝贝自己的东西,宝贝纵情欢乐。轰鸣

在太阳下的愉快振奋、无忧无虑浸透育婴室。成了。

众心灵恳求,众心灵蒸腾:阿多奈①——
把我的僵局还给我,我的松垂日子,我的未曾触碰的
  众水,还给我。

---

① 阿多奈(Adonai),上帝众多名字中的一个。

岛状山上的冰川

I

a

即便当你越过一个死亡地带醒来,你像用皮带那样系紧孩子们:让我
看一眼窗外情况有多糟,你看不见任何东西因为它是一场鸟眼中的战争。

b

即便最终当一个目标自地面向你招手,而你渴望暗淡星辰
登上小小山脊,你乘出租穿过你的鬼脸训练场去扮演每一个角色。

c

即便当你走近那些赤裸的孩子说到 *罪过*　你知道罪过意味着你
什么也没做过却忏悔,你放弃你的皮肤,一条一条剥落,
因为它是一场鸟眼中的战争。

II

a

即便当她的竖井收缩,可驯服性逃脱了她面红耳赤的
  焊接,她煽旺
火焰加热通过的系统,她的眼镜溶解为一个"是"!
  乐观主义,她熄火。

b

即便当她的 XXL 码的福星高照出现在地面之上"像
  一个死去的矿工"(我先是数我的女人,然后我的
  时日),她记得他手上的那些小手法。

c

即便当此事在她身上发生,耳朵被撕,糟糕到像张纸
  耷拉在她脑袋边
她压碎像弹力球似的乐观主义,*用她的中枢,征服她
  的呼吸。*

III

a

即便当我未能抓住你的意见中惊人的东西,而我的

嘴模仿

石头破裂的声音，不那么准确地，过细地，惊愕，新的，
你耍我。

e

即便当有人在我体内立起，从我们的普洛克拉斯提斯之床①
　　上举起你的句子，而你

磕磕巴巴"快乐治愈但那曾是整体的治愈不了"之类，你
　　耍我　即便当那是我。

a

即便当我，正当我的王国时刻，在这季节的门户里（扬·斯
　　滕②），在这

庙宇（呼吸），把它全部留给你（这儿宝贝，给你）我把
　　你的瘦肉变成奇观。

b

即便当我触到对你屁股的回忆，你的手虎扑过我的嗯哼部分
吞下我（舌胸嘴），我从你的唇上读到我的目瞪口呆或假如
　　那应当给予。

---

① 普洛克拉斯提斯之床（Procrustean bed），参阅古希腊忒休斯神话。意译为"强求一致的标准，一刀切的标准"。
② 扬·斯滕（Jan Steen，1626—1679），17世纪荷兰著名风俗画家。

VIII

a

即便当你在展开的尖叫声中弯曲你最小的关节,你是你体型的优势,那使床单面目全非的,害羞的人,是
  吐舌自舔的孩子。

b

即便当你从身体刮下最后一个原子,你想成为一个"那
  儿",那儿渡渡鸟
作为最后的心(岛),作为最后的山(腹)或只是异
  想天开作为一个众妙之门(冰川)。

备用策略

如果你发现自己坐标定位易变,
请少作毫无章法地出行。别用地图上摁个图钉这办法。

我想要追随你的行踪,你的策略:
"这里没有新东西"你回来为了离去。

你写到万物都告诉你你正在遥远北方。
虽是低纬度地区,冰川岩块躺落散布一路。

滑倒会是灾难性的,你写到,报纸大肆宣传
你的消失。我写到别发牢骚了,天亮前飞。

有些人没提到你睡得很甜,他们会乐意
画一幅你的晨醒图"别用某某的……麻烦他们"

悲剧性的幽默可以移山:你的文字恳求
些许鼓舞人心的词句。我猜想:害怕,显灵

在丧失了内聚力之后。帮助融化了道路的可贵事物:
雪兔。更好的是:了知。理想的:能见度佳。

没有战争,我们不会出现在这儿

人人坐在屋子里。人人害怕。除了最小的孩子们。
如果你到外面去你很有可能被瞄准。没人想去外面,

我们互相亲吻安慰,最年幼的孩子们开始唱歌。
他们想这是一场游戏,外面是气球砰砰爆炸,啦啦啦。

一无所知的小不点们　他们取笑自己无助的笑。孩子
　们待在家中。
在这个国家你最好别去学校,连动物都这么说,因为

如果你去学校你就开始理解世界了。这对动物们可不好。
离开祖国的那一天我们曾以为这一天

地球将停止转动。夜晚来了,白天到来,我们仍离开了祖国。

彼 岸

首先起于全国各地加油站的大爆炸。
被谣传为一场精心策划的行动。
北部、东部、南部边界悉数关闭。
在国家中部所有相连的道路均被警戒线隔离。
一场大火突发于乌德勒支。
一个直径一千米的洞突入城市中心。
风飞飙怒,直起于地面。
"一堵堵外墙崩裂,被拗弯的屋顶凸起横贯街道。
尘柱在房子与房子之间旋转。
所有人的视线都被阻断。
人们瞎摸瞎撞地蜂拥到城镇的边缘。
有尸体在运河里漂流。
狗下到水里,尽情享用他们。"
这里,无人知道发生了什么。
孩子们眼见着父母被压碎。
"无人处理碎石下的受伤之人。"
在格罗宁根和德伦特边界,排了一英里的队伍已进入省内,
孩子,行李,堆放在车里、车顶。
"人人都想通过,人人都被堵住。"

显然全国各地都有火灾点，虽然煽风点火之人未被提及。

没人相信这只是巧合。

上艾瑟尔以北有气体云团。

呼吸意味着窒息。

调查书中记有：兹沃勒的居民不得不紧闭门窗。

哪些门，哪些窗，哪些居民。

人们想去瓦登岛。

那里被想象为空气清新。

一百五十万人，紧密扎堆的人群，四处奔窜。

今天人们仍互相踩踏，为能上去渡轮。

但是道路已不再存在。

它们只是些塞满大块石头的宽缝、沟渠。

岛屿不能抵达，轮渡不再出航。

所有网络崩溃。

还剩下一家医院矗立？

人们蜂拥扑向银行。

那些挥舞大把现金的人能搭车向西，去往海滨城镇。

每个人都在离开。

费吕沃国家公园在燃烧。

发电机耗尽。

人人在跑。

在代尔夫特和莱顿之间一群孩子在漂泊。

对女孩子太不安全。

夜晚她们被扯离队伍。

水龙头里不再剩有饮用水,一个省又一个省陷入干旱。

沙丘里的紧急备用蓄水池破裂。

北布拉班特省人整个地远行到鹿特丹港。

马斯平原上的风景是可怕事件。

谣言磨坊持续研磨。

"阿姆斯特丹国立博物馆已大面积坍塌,没人知道那儿有几个幸存者。"

很显然,所有省份的人都在一头扎向海岸地区。

人们仍在拖拽他们周围的私产财物。

看上去泽兰群岛已被隔绝,部分堤坝已被冲走。

群岛正向西面漂浮。

无人能驾驭这些力量。

一个不知人数的军队已突破了东部边界。

显然规则已改变,但是看在老天的份上,是关于什么游戏的。

当局在哪里?

本该有几十艘船开动起来将荷兰人民运送到彼岸。

这儿有成千上万的我们。

我们的船在所有那些人的压力下几乎全部崩坏。

一具具身体滑出船体边缘。

一些船掉头返回。

载着活人和死者。

彼岸在哪里?

没有彼岸。

我们向前漂流。

我们在世界各地被冲上岸。
没有人欢迎难民。
淘金者。
我们被叫作。

荷兰欢迎你

有人说历史渴望平衡。
贵族使我们深信:
人和权力处在对比悬殊的尺度中。
现在欧洲道路两旁的数字遍布
口水,遍布泪水,遍布急迫的期待。
如果你的故事,你的国家,你的城市,你的纪念碑,
你的山岭,你的村庄,你的尊严,你的学校,你的房子,
你的毛毯,你的床垫,你的休息时间每天
都被撕成碎片,你所期待的会是什么?
历史渴望平衡,但并非历史自身。
我们的心脏打着拍子,怦,怦
拍打在剩下的简陋床垫上。

亨克·范德瓦尔（周琰　宇舒 译）

【诗人小传】 亨克·范德瓦尔（Henk van der Waal，生于1960年），生于荷兰希尔弗瑟姆，后生活居住在阿姆斯特丹。他曾在阿姆斯特丹大学和法国索邦大学学习哲学。他也是一位记者和译者，并在阿姆斯特丹皇家艺术学院任教。1995年他出版第一本诗集《斯芬克斯的裹身带》，获得了荷兰年度最佳首部诗集奖（C. Buddingh 奖）。之后，他又出版了11本诗集，包括：《债务重组》《来临的星星》《陌生的团伙》《8 他自己》等，最近一本诗集为《爆发》（2020）。他曾三度获得荷兰诗歌最高奖 VSB 奖提名，《他自己》赢得了2012年艾达·格哈特诗歌奖。哲学和诗歌对诗人来说是不可分割的世界。他以关于海德格尔的论文获得优等成绩毕业后，继续关注法国现代哲学。译有茱莉亚·克里斯蒂娃的《爱的故事》、一些策兰散文、莫里斯·布朗肖的著作等。2009年，他同埃里克·林德耐尔一同编辑出版了诗学著作《诗的艺术》。2012年他发表了哲学随笔集《在休憩的地方思考》。这里选译的诗作由英语和法语译出，《原初的赠予》《爱的精神》由宇舒译自法译，其余由周琰译自英译。其诗英语译者为保罗·文森特（Paul Vincent），法语译者为金·安德林加（Kim Andringa）。

"极度分心时我便躺在……"

极度分心时我便躺在
那儿,同事物艳红的芳香
不合,察觉一大片灰褐色的雾在我
最极致的种种战栗之间播种分歧而一满把
石头擦去我的过去一直到时辰叠加时辰
我不曾存在于彼,

让你发白的腹部试着
承载我如同奥西里斯①通过
说着我们的秘密语言和良善的语符
从裂缝中返回,不管我的耻骨多想拒绝
那种子它却证明了只有作为一个幽灵
我才可以成为一个神的真实。

---

① 奥西里斯,埃及的亡灵之神,死神。

"或者像……"

或者像
下雨时
在外面你全身打开
伸展并能被慢慢翻看
这样雨也可以从内里
流动所有将要到来的
无边无际的一个征象

很简单因为沉默,
事物的嗡嗡从中渗漏,已经
宣称拥有你,唤醒你心中的怀疑
当你气喘吁吁爬过未来的边缘时
会是什么样,这样当以人的样子
从人中抽身并等待
那知道一切的手的抚爱

"很不确定是否……"

很不确定是否

到那时人们会轻蔑地

看着你新获得的水般稀薄的孤独,就像

一个足球运动员突然明白他必须越位:

哨子吹响,但是他没有听见

诸神的信号

继续,不知道却也知道

尽管可见的确定目标

已经迷失,一个流浪者他的每一步

都是错的,每个词都是诅咒,人出发去死

仍然继续,尽管地在召唤,等待着

不会出现的铲球,因此那儿没有任何东西给它只是

继续、继续并进入被排斥之

幸福。

"当你全然独立不群……"

当你全然独立不群,也就是说,分离于所有

其他和所有可能的,也在强烈的特殊性中,它仿佛硬如

钻石并如虚空般最适于时间的抵抗,当你在那儿搜寻事实并且

发现漫无方向你的眼睛在眼窝中舞蹈并且你的思索

纠结在

他人的思想中,结论很快得出

你自己帮助登上

王座的你大脑的臆造

已从你的手掉落

从你的头

蒸发

它或许让你遗憾但它让你

享有特权,自由如你免于操心自我和那

将你绑在习俗上的过去并免于勉为其难赤身裸体表现的羞耻,

这种状态中

你洞察到了什么?

也许是雾或者是雨或者是时间喷火的

头,或者,若你幸运,临近的

她的恩慈的嗡嗡
　　那推动者，对她来说
　　你对自己的缺席的悲伤
　　　或许已经足够
　　　　终归

　　　停泊于你的心

　在你的灵魂上撒落沙子

　在你的空心中填入杏仁软糖

"没有,你是自己的猎物……"

没有,你是自己的猎物,一只握紧一把图钉的拳头,一
 个节奏的破坏,一个当下的笨拙的人,一个没有尽头
 的梯子,一个没有对应物的宗教。

没有,你在乎得不能更少,苦涩寄宿在你的眼中,怜悯
 让渡给复仇,经过省略以给在你之中挺立而出的那自由
 之物爱抚

没有,简单生锈,怀疑在圣像上留下肥胖的指痕
徘徊于你的头,爱情不能给你一所房子,你的身体好不
 过一个垃圾桶,

成堆的饥饿框在肌肉中

唯一的长处是它让等待光的人
在你身上找到极度内向,深深在内里激动你的热力,埋
 葬你身上最珍贵之物的泥土—

她可以通过把你从可能性的咆哮中拉开而做到的

她可以通过从天堂为你捡起坠落的石头而做到的
她可以通过在沙滩上全裸晒太阳浴而做到的　在那儿死亡

[冲上岸

如果她能存在她便可以做到的

"她没有匆忙进入……"

她没有匆忙进入陈旧的理想学术圈或任何工作；可是在
　　你因美击倒而被捕获，或许甚至被安慰的时刻，她正
　　在路上

或者，也可能，因为洋溢的花的芬芳穿过你的死亡抵达
　　你并将你嵌入存在　让你在广阔黏吧铺展在你周围的
　　持续嘤嗡有声的灵泊沉静中期待着她为你计划着的消失

因为就像被糖浆吸引的苍蝇，她被死亡吸引

并让她的手贴着钟的指针穿过它，在你的思虑中放入一
　　个结：不是作为乐观的结束，而是作为开始的预先体
　　会她系在你身上浑若无力那将振翼送你回返的翅膀——

她就像那样
她那样做
她那样给予

她那样好，不能再好

第四人称单数

他们为什么不该和你在一起,让嘴苦涩的一个遗赠的这些
　　话语:你不要悄悄嗤笑神的死亡并喊道:看着我,我多
　　么自由多么反叛,你也许能试探接收到女性破坏者如何
　　在那些封闭于自身的人的舌上粉碎未来的华夫饼干的信息

那些在欲望中寻找替换的人和回避

第四人称单数的人

那令人断脖,淫荡的说是的女人

她给予最多,并且
为了畏缩者好
用丝绒的手从彼此相依
排队嘀嗒的分秒中
从死亡那里撩起面具直到再没有什么奔溃而那些
对时间敏感的人们被握在将要成为的永不中:纯粹的希望

"出于纯粹的骄傲抑或是……"

出于纯粹的骄傲抑或是纯粹的疯狂　为了所有这些也
为了所有他者,那些将要来的,那些不再
决定什么是他们必须认为
是他们的秘密知识的,是他们最亲密的探访,
是搁浅在他们内心的大陆
从其中奋力而出一旦闭上眼睛
他们就被淹没或者在他们的
地下的突出的情况下认识到极度重要性
他们内心的鸟儿以一种哑闷的声音尖叫

那最好被视为一种
无目的的呻吟啃着他们的注意带
的寺庙群,而那稍微
靠前的产生一种对实际上是白色的、
几乎无瑕的内在的沉重的意识:

把它上举让欢乐满足于你的目的,让它
自由在你的存在的空洞中激发喜悦

"脱离机运之外你也是……"

脱离机运之外你也是沉默包裹在
灵魂的工作中,一个黑暗的硫黄圈
在熏臭消散后所遗留的,为此地此时的
一个不可缩减的显现,或是那可从你最终真的
放弃复制的所有包围的势力中孤立出来的,
特别是因为你在其中对自身的滋养得以维持
并且秘密地你知道在没有展开
在你参与的所有的行动和言辞之中
只有自我框架中的责备和
个人生活的满足留下

于是你培育萌芽于你的思想腺体
的犁沟中的意愿并且让你的手
漫游过你的个性的暗流
并将你自己置于这样的清醒中
每个词语中你的人类同伴都被呼唤
而你的存在的相似重量被放在天平上

这样你就不再迟留而让那来者在你的存在中

升起,因为是她给你去往彼处的挑战

试图形成对此的观念并清扫你的大脑
以其内的特洛伊木马可在其上驰骋的方式
这样你就被围攻,征服,
授粉,或者其他:

飞舞星火

火

自由

"没有任何,不是辛勤劳作……"

没有任何,不是辛勤劳作也不是
无休无止地看电视,能帮你挡开死亡。

而你被迫出发进入孤立的
无人之地寻找那正在萌芽与结合的,
很简单因为不论你的固执和
你的自我沉浸你已经要屈服只要
死亡邀请自己进入那让你活着的,

自从你出发你头脑中所经历的
已经在他永恒的缺席中抛弃了你并在你的脆弱中
扣留你为囚徒让你
不确定从他那里为你挪用了什么

这样你就被扣到他的灵魂上作为
他的人像而公众化,作为他那头的
冒险,就像他的存在中的一个气泡,它的功能中
你的名字已经被挖出,你的言辞被肢解,
你的资源已经萎缩

于是现在你让那惊恐的女人的眼睛
和离去者的战栗沉重并且必须求诸于
母亲般的那人她不存疑虑和贪婪地设计
好在你的恐惧中编织花朵，亲吻你眼中的
将来的死者并拥裹你于丰裕的

她的华茂

她的笑声

她的光

原初的赠予

一首古老的歌环绕着星辰的楔形
将自己伪装成时间的缓慢力量,积聚在
拒绝向前的此地,和被遮蔽的别处

所以不要吃惊,如果最初的白色噪音总是颤抖在
你遥远的疆域,如果你失落的身体里
那一阵带着宽恕转向你的震颤

拥抱着你
了解着你

且只是请你以其所是称呼它

它很可能足以安慰那些直抵你内在自我的
各种形状生物的漫长旅程
——深水和沉默的石头,阿米巴虫
和年轻的芽,肥草和庄严的
树叶,章鱼和蜥蜴,
蝴蝶,雨燕,田鼠和山羊

但愿你知道如何以一种大胆的仁慈
回荡这首古老的歌曲,而且这样说:
它花了一千个一千年,但这不重要,
因为这是无法言喻的闪耀
它飞溅出一些迹象,让你能够表现出
在你存在的孔洞中逃逸的事物:

沉默的,不动的,也是不真实的事物
像空气一样一下子就悬挂在你周围
在你所是中守夜到最后,在你所为中
聚集,如此撑住一切用消失来定义你
的事物

你明白这并不是威胁,而心的一阵痉挛
并非对朝你头发吹气,悄悄向你提问的
普遍性虚无的唯一回答:
它捕获意外,它构成出生的土壤上
不可解的隆隆声,它将入地狱之罪
从祈祷中分离,将强奸与
喂养生殖冲动的交配欲望分离,这生殖冲动
像打碎的白瓷器一样
包围着你液体般的皮肤,不间断
且甚至没有一丝利己主义使每个词的精髓震动

这更加奇怪的事物
说话如同保持沉默
因其神奇的乘法
它庇护,并保持可能的
恩典,恩典中有比其本质多这么多的事物

好多了,你说
因为这只是当有
比其本质更多的时候
比其可能存在的
本质更多
然而你很清楚
不可能
比其本质更多
当它的本质刚好
比它看起来的样子少一点点时

这样你就可以在可能之湖中
游泳了,因为现实不断以它的廉洁
对你耳语它的牺牲
像一种衰退对着你的耳朵,劝告你珍爱
你必死这一苦难,劝告你忏悔
——既不为万物,也不为肉体,也不为

责备,或尖刻的欺负,
也不为忧郁,也不为希望
也不为构成你自身的。

这就是你在星辰之歌中听到的

爱的精神

乌鸦、猫头鹰或喜鹊都不会伤害你

但有时他们的尖叫会让你抓心挠肺,使你变黑
当它们的聒噪声让你明白
没有任何声音知道怎样将它们从其羽毛的身体上切断

你发出相同的灰色抱怨,当你所有的存在
躲进你的目光,额外增长的自然
以命运之腕安排着你的四肢

在这种状态下从你的嘴唇喷射而出的
虚张声势和冷嘲热讽是一种损毁世界的负能量,因为
既无法连接,又不能让自我反省的阻碍
就是一种盲目的暴力和无休止的喧嚣

应该用铅包裹这种情绪,如果你

你说:如果你
如果你,你又说

而且你想说:

如果你想是真实的

但如果你想是真实的,你内在的遥远动物
应该可以自由地将了无生气的空气吹过
你声门中最小的裂缝,将挚爱
挂在高高的树上,然后将恩典播种
到枯萎的草地上,直到足够多的忧郁
被收集起来,折叠进一个内在自我
这自我,可以储存在玻璃下面

所以如果你,
你再说一遍:
所以如果你

在鹅卵石海滩上堆放正确的标志
围绕那些就是你本身的生物
——乌鸦,猫头鹰或喜鹊——你拓宽
属于它们的概念,为了让空虚
在那里找到避难所,那么你将在所有设计你的
名字之上听到——狮子,金牛,摩羯,巨蟹,水瓶——
你就在你的身体之上打开了一个空间,宇宙
从那里生发,且沉湎于一支

从早到晚,以亵渎宗教的虚无
让你受孕的老歌

而且这歌应该将你从一切确定性中把持住,这里包括
涉及你的确定性,因为你的本质总是远远超出
给出真相的描述,且混淆于
普通人,是喜悦和痛苦的混杂,
被你的玻璃之躯抓着,准备着,如一个源源不断的成语,
我们假设它于晚上,流经你生命的低地,在那里
你竖起你的帐篷,为了颂扬和哀叹,以及啃咬
和你内心的沟壑一起出现的田野。

所以你说着神奇的词语,强迫自己接受帮助

所以你画了一个圆圈,里面一切都平静下来

所以你是乌鸦,猫头鹰和喜鹊

所以你挡住了所有出路,将空间
和时间聚集——直到那一刻,你在一种温柔中漫溢开
那温柔,你叫它存在,或幸福,或被渗透的在场

这无论如何都是一个来自外部的事物,但
它奇怪地烧灼着你的内心深处

一个你接收到的事物

一个你应该成为的事物

一个你可以给予的事物

埃莱娜·吉朗（赵四　周琰 译）

【诗人小传】 埃莱娜·吉朗（Hélène Gelèns，生于1967年），生于博格申克。大学时兴趣广泛，学习过天文学、历史、哲学等专业，最终在阿姆斯特丹大学完成了哲学专业的学习。她出版诗集《别从头部开始》（2006），《起飞并漂游》（2010）、《出自黑暗的欢呼》（2014）等。2010年，她获得了扬·坎珀特奖。她的首部散文体著作的写作，是六个人关于反叛、理想主义、相信、不信、爱和尊敬的谈话。六种声音基于弗吉尼亚·伍尔夫、艾玛·戈德曼、玛丽·居里、缅诺·特尔·布拉克和约瑟夫·罗特等人的文本。2007年她为一部清唱剧创作了剧本。这里选译的诗作由英语译出，《给两个声音和一个钟的诗》《角落的时光》由周琰译出，其余诗作由赵四译出。英译者有威勒姆·格罗奈维根（Willem Groenewegen）、安妮塔·多尔曼（Anita Dolman）、阿斯特丽德·阿尔本（Astrid Alben）、萨拉·波斯曼（Sarah Posman）等。

关于一场无限制的奔跑

跑着的时候你会选择一条路直到路

显形　跑着的时候你会让太阳显形

还有沙丘脊骨

流沙滨草海的低语

跑着的时候你会让海显形　一个更加无限的大海

如何解放树叶

今天不时地一阵大风迸发出
那些半固定树叶的狂野,是阵风解开了
万物　并让一切再次解放　除了她的小树叶的
呜呜翻荡

明天一场风舞蝴蝶的可能性
在腹中酝酿　它们绕叶翻飞使得离枝之丧
机敏异常:树叶们
翩翩翕飞

我该助走失的一叶回到
枝头吗?将它吹离我
冒失的手!

我该将迷途的一叶唱回
树上吗?刮起我舌上已死的
如莲灿言!

是的!那儿跳荡着我的手翻飞着我的词

磨损的与盛放的

出了舞蹈城耳中全是
哗哗声　离开了舞蹈臀部还在摇摆
出了城市，灵魂

那卷了边的　在城市的灵魂中茁壮成长
我们为这道边欢呼吗？一个卷边的夜在盛放
在手电被种下之前我们占领这夜吗？

蝙蝠去向边缘，飞溅的浪（挥手，挥舞）
芥末黄的云覆盖，那月——正循环

出了这盛放的夜　去在绿中
醒来　出了这花开的发丝凌乱
出了这夜的磕磕绊绊

他们将手电筒瞄准夜的磕绊混乱
我们嘲笑手吗？他们建起了一个
手电团　我们容忍这一大团吗　在
那道磨损了的边蔓延疯长时？

萨福说（卡明斯变奏）

萨福告诉我，我试图

相信它（耶稣告诉我，我

曾试图试着相信它）

爱因斯坦告诉我他经历过　他经历过吗，弗吉尼亚

（鱼在溪流中）伍尔夫还有你（信不信

由你）也告诉我（你！）然后有天晚上

在梦中我听到自己也这样说

（每次我试图去相信它）

但是只有在公园里遇到

齐眼睛那么高的吐丝的红色

（上帝是一只蜘蛛）花瓣之后

它才开始对我言说

我开始变得渴望一朵肆无忌惮的

红花旋涡旋动着穿越 A 的条条街道

启　程

1

那之前我们谈到户外和太阳
我升起窗帘　移动的长条
光亮越过天花板——想着
她的明天：不再延续

我们把名字给照片上的脸
给相邻房间里的声音
给她孩子们的孩子们——我想着
她的生命：不再受惩戒

我们沉默

2

那之前我们一直沉默　我抚摩
她的双颊她的太阳穴　白发

抚摩变成丝绸的头发　抚摩
紧闭的嘴　一个静音的笑

她拉起毯子
我想那腿多美呀
它们存在——如此完满——这长
久的思及这美是可能的　而后

更多腿不止是腿继续走下去
我想到　谁是她想让我成为的那人　我抚摩
她的双颊她的太阳穴　抚摩
丝绸的发　抚摩

如何赤裸

I

你们赤身露体进入一块嗡鸣之地
没人停步没人观望
人人绕着一团海绿色的云
沿水流流动
他们在干什么？他们是谁？
没有人被着色
人人嗡鸣

一个人用海绿色检验靴子检验检验
一支记号笔顺带递给你：
拿着这个！他们又在穿戴靴子！
你们赤身露体无人注意
而那儿有那么多
有多少？
你清点

一丛丛海绿色标号在你的手掌、你的腋下

标记上颜色,某人在靴子里抬头看向你
看向另一个、又一个——你们在干什么?你们是谁?

II

你是否害怕什么东西,你不知道但是
某物在你体内开始蜷缩,抓紧时间

你皱缩皱缩皱缩至一个五立方
厘米的小娃娃,使自己被一阵过路靴子的
翻滚旋风掀起,高弹半空

在你体内的某物大叫:它是绿的
它把我们变成绿的!你使自己被高高抛起,视线之外

你仍衣冠整洁地笔直站着
你听着乱糟糟的嗡鸣声:你!你是绿色的
是否他们应该害怕你,你不知道

III

他们怕我。他们不担心我。担心我。
不怕我。怕我。[但一人指出]
(他)不怕我,但是 [不:但是] 不担心我。

[但有一人]怕我。不担心我。[一人指出]
担心我。[大叫：轮到你了]不怕我。
[什么正生死攸关?]怕我。[先来到的是什么?]
不要怕我。[谁一起玩?] 我一起玩。
我没一起玩。我一起玩。我没一起玩。
我一起玩。[规则谁说了算?]那是在比赛。
那不是在比赛。那是在游戏，不是在比赛。
[我制定规则]那个人不玩。那个人比赛。
那个人不比赛。那个人玩。[但是一个人念咒]
没一起玩，但是[不：但是]没一起比赛。
[但是一个人]玩。不比赛，玩。不玩。[一个人念咒]

玩，

出离黑暗

1

嘿有光经过！嘿那儿出现了光！
嘿那儿遗落了光！嘿忘却了光！
桌灯的光　冰箱灯的光　门厅灯的光过去
霓虹灯的光　散落的天光之光出现
许许多多被忘却的光但没有光之健忘

这里人人靠光生活，阳光灿烂的日子
脚和头伸出屋外
喜气洋洋的一大群人穿街过巷
钢琴和大提琴开进公园
在黎明前的最黑暗时刻我的脖颈就已为日光
伸长，我的火箭燃料，我在这儿！就在这儿！
无论我在哪里生活在哪里工作
我都会在身旁砍出一个透光洞

2

你那里的光是我们投射进夜里的!
走过黑暗:失去黑暗
嘿镭射灯怎样的夜!天际线的夜!
那么多因光之故而在的光
嘿那里是光之兽的足迹!

夜幕降临　暮色传感器破门而入
手指划亮安全火柴　照明灯开关轻弹
这里人人依赖光生活,在难捱的日子里
侃侃而谈者在蓝色花中亲密交谈
热爱的眼睛盯住霓虹灯、焰火
我们爬进枝形大吊灯,我们不准备回家
还没回,不是对世世代代而言
会有一个直到我们厌倦了的年纪

5

光被掷出,夜被驱逐
星星纷纷跌落城市街道
它们的光芒上指照亮黑暗
黑暗无能熄灭那光

这里人人睡在发光的天空下

人人睡在星空下,夜复一夜

牛奶路造出令人屏息的入口

为那能被看见的　为那会被藏起看不见的

城市每夜的令人眼花缭乱穿遍

牛奶路只留下几个小点

现在我们不是站在黑暗里,面对浩瀚

无限深的宇宙而是在荧光闪亮的云中

面对我们的对等物,这里人人想象自己是巨人

我们的光在黑暗中闪烁

没有半被忘却的夜:一概忘记。

没脑筋的

脚　脚　地板　脚　干草叉　脚　地板

你害怕抬头仰望吗？集中注意力！
自信地退后一步
观察过于熟知的一切

　　泥泞的地板左脚裸露右脚在人字拖上
　　左前方一只橡皮绿的右脚靴
　　正前方灰钢的草叉齿
　　右前方一只橡皮绿的左脚靴
　　——干草叉摇摆着离开了视线

你闭上眼睛了吗？想象不合适的东西！
像物理学家们那样行动：你在期待粒子吗？
假设非粒子，你期待真空空间吗？
假设活动的纵横交错，现在你
信赖你的脑力，你期待一把干草叉
想象一把无叉、非叉的东西，一个类叉物

非叉　无叉　一叉①

非叉　无叉　为叉

非欻　无欻　垮欻

非无　垮欻　惶擦

停！物理学家不跳华尔兹，像约翰那样行动：

重复十遍对着引力作用下的全

爆炸星，你能够找出

黑洞，你，信赖你的想象力

无叉　无叉　无叉　无自由

自由　无自由　不自由无

不自由　惶恐　不

惶恐　自由　惶恐－簧片？

潘的芦笛！

正确。你在期待一把干草叉？硬币掷出了一只潘的芦笛！

像潘一样行动：用沙哑的欢笑声把

---

① 这一诗节以声音而非意义造，意在显示以貌似非理性的声音游戏，可能导向一个意义结果，比如这里从"非叉"一词导至了最后一词"惶恐、恐慌"。东西方语言差异太大，汉译只能勉为其难处理。"unfork nonfork afork/ unforknonforkafor/ kunfor knonfor kafir/ unpar comfor panic"。诗节 7 亦同，"nonfork nonfork nonfork notfreed/ freednot freed not freednot/ not freed panic not/ panic freed panic－reed？／ pan flute！"。"reed"一词既是"簧片"又是"芦笛"的意思，所以音＋义，"panic－reed"就变成了"pan flute"，汉译顾及意义，无法对等处理。

他人吹成一个恐慌 吹奏 吹!
你眩晕吗?你还怕抬头仰望吗?
像哲学家那样行动:认识到
你正在尝试什么,你在试着去信任

  我会相信 会相信 会相信
  会相信 我不知道我相信
  什么 那是什么 反正
  去相信?我抬头仰望
  叉子在我的眼睛上越来越近
  擦伤了我的下巴颏

像耶稣那样行动:将另一边
脸也转向叉子,不!
叉子也击中那下颌了?
你会怎么行动?你会怎么行动?

停　下（1）

陷入停顿了？已有多频繁？

昨天一个字面意义上的停下：回头偷看向
一块路标上的一只黑尾鹞没有机动自行车

甚至在晃荡骑自行车的今天　以四分之一节拍
穿过铃声叮当、砰砰声四起的隧道

多么频繁！在一条回家的直路上进入支路
它倾斜、绞拧，在夏天热火朝天

以做爱开始一天　保持永远做爱
同时你知道你必须得去工作　在某人等待时

停下，

你将呼吸赋予所有那些唰唰摆动、亮光闪闪的声音
那里始终有一个地方可以让你的手休憩

但你直起身子　当某个人抱怨
请最终停下

我怎样认识

我从广场长凳那儿四下窥看
直到我在在那里的家中问候住户?
我不停地纵横交错地走
直到我认出每一街口每一门洞?
我翻越每一堵墙每一道篱,唱着歌直到街道
看起来不可否认地像我的街?

a 你向前门致意:*门把你在关外面但庇护我*
b 你发抖:*门向你打开并在世上为我提供一个地方*
c 你不问候但要求:*给我空间*

我通过以步伐测量房间来认识房子?
通过以耳贴墙定位邻居们来认识?
通过全身贴地躺着来认识? 先是全部的眼
然后是全部鼻子全部耳朵全部太阳穴……

a 你拒绝窗户:*别让其他人看着我——把你关在里面*
b 你邀请:*让我看着其他人——窗户将你敞开*
c 你感谢窗户:*你是我的支持你是我的光*

运河不曾知道

那时你的耳中仍充斥着对话、音乐、舞蹈
那时你仍兴致方酣,仍沉浸于人群畅饮
停步于一天最初的啾啾鸟鸣
你倾听,吸进肺里一片冰凉,倾听

黎明破晓,双腿打战你
放大充血的刺耳尖声多么多么美多么冷
也许吵醒了某个冷笑、咒骂然后继续睡去的人
我想你无须理由地粲然笑着,砖石结束之处
水开始,你从未感到如此之冷,那发生得太快了

有一次你跟我谈起有一棵树的河
它不叫一棵树而叫凉荫地
你抚摸着一个树结,有人问你为何
确信自己是富有的?你回击:看到真相的人
便是一个羡慕树的人一个寻找阴凉地的人

在我们看来,你希望那条运河仍是一条运河

今天你会回答我谁看到了吗?谁
看到春天重回粼粼波上
或谁想着忘川 凶手墓地

小小的婆罗洲龙蜥

那只黑鸭很需要一个抬高从水中浮起
而欢欣云雀中的一只
跳起！笔直地射进天空

那只蜂鸟翅膀翕动如同火焰
而一只长腿鹳
懒懒地在一只热气泡袋上打开翅膀而后翱翔

我们与膨胀身形战斗迫其有型
而一只小小的婆罗洲龙蜥
扑动！打开它的皮肤折叠成翅膀而后逃离

结结巴巴地说出那名字!

缓慢地吸气、呼气,吸进

呼出,想着那个名字的所有者,吸、呼

吸、呼,干得漂亮,吸进,说那名字为那名字

我们大声喘气,试着喘气

为那名字像为空气,就像这样:

喘　喘,为那名字喘气,喘　喘

不,别咳嗽,喘气　喘　喘,不,别咳嗽

缓慢地吸气、呼气,吸进

呼出,不,别咳嗽,吸进吸进

为呼吸气喘吁吁,像为了那名字的所有者

喘气为呼吸,试着喘

为呼吸,你仍不得不结结巴巴地说,喘!喘!

别的东西

如果我不是写诗写得这么慢
我会告诉你一个男人如何说的:
有位奇怪的女士粘在我体侧
我没提到姓名——我会告诉你
经由在她公司里他这样发问:
渴望一场飞行?然后再次引诱那嘴
那女人如何叮咬男人的脖子
在她自己身上啃出一条通道

我会及时告诉你有多温暖
当我们目光谐调——有多饥渴
脖子　嘴
我会及时告知有多少
爱进入这啃咬——多么合意
被你引诱
我会及时告诉你
我正寻求一场飞翔　真是这意思

可是我写诗很慢
那就告诉你一些别的东西而非我要告诉你的

下班时间

你决定：那不可疑　那可疑
这个这里不可疑　那个那里可疑
过去可疑　现在不可疑　以后

掌声冲破黑暗
而你说虚荣　虚荣
皆是虚荣，你删除
(虚荣中的虚荣)
说皆是！皆是
皆是但它是什么，你删除
皆！皆！你突然说
五点钟是这个皆是的下班时间

而你还在删：皆　比　匕
掌声冲破黑暗
你不知道：不可疑还是可疑

给两个声音和一个钟的诗

    嘀嗒听它嘀嗒嘀嗒你的钟在嘀嗒着嘀嗒

我的钟不嘀嗒没有什么嘀嗒我什么都没听见

    你以为嘀嗒声并不嘀嗒！嘀嗒声并不嘀嗒！嘀嗒
    可是你知道嘀嗒声钟嘀嗒着嘀嗒
    那么你说嘀嗒声它并不嘀嗒着嘀嗒我没听见任何
      东西嘀嗒

我没听见钟没听见嘀嗒声没有一声嘀嗒

    嘀嗒可是它嘀嗒着嘀嗒你的钟嘀嗒着嘀嗒
    你不想要嘀嗒不想听见它嘀嗒只是等待
    你的嘀嗒的钟你的钟嘀嗒将会开始嘀嗒

要不做一声嘀嗒没有一样嘀嗒那个钟并不存在

    你以为嘀嗒声并不嘀嗒并不嘀嗒嘀嗒声并不嘀嗒！
    嘀嗒

而后来的嘀嗒悔恨：嘀嗒声它不再嘀嗒

　　　嘀嗒声再不会嘀嗒－嘀嗒要是你嘀嗒而感觉

悔恨呢？要是你想象过钟要是你为那孩子感到惋惜？

　　　嘀嗒你不知道嘀嗒不知道你想念什么

我不知道除了你我想念什么你
知道你想念什么
你想念的东西
嘀嗒着

角落的时光

人不应当在词语和童年的回忆中
浮想联翩—而不看见
肥皂泡不要讨人喜欢的玩具或
蒲公英的绒毛
不要把每样东西都涂成蜜黄色和
明亮的苹果绿以及迷蒙的夏日的
蓝——不要被墙壁的灰色
惊吓

人应当经常保持平静
好一径走向惩罚
评估的角落:四十五四十
度
透过墙壁之间的缝隙
偷窥好判断:外面的一个形象
每个孩子都有的出去的方式

人应当曾经被放到
角落好能够轻快地说出

这儿：人的一生中

每一年里的一分钟每次你移动

就多一分钟，做得

过头：蹲在角落

直到你痉挛

一周都不能跳舞

或许人应当经常

被惩罚好知道

在角落人自由地

在头脑中写下新的歌

和一个不需要存在的朋友

聊天谋划如何逃脱这个

地方

或者如何从街上

一只饥饿的狼口中救出一个人

从一个沼泽地一场爆炸大火中，

被尊为英雄

或许人应当像孩子一般

思考能够假装

在角落玩着

捉迷藏：眼睛闭着

你不出一声数数

从二十到零让你待在

角落的人跑了藏起来而你努力

听出是哪里

如果一个人真的想假装在这儿

一个人应当被什么人放在角落

然后这人就可以早些离开这个角落

被一阵低鸣的呜呜声

撑回去直到

一个喉咙清理干净

让肩膀和头缩下去

失去平衡并且溜走

咯咯笑着

或许遇到一个从闪烁的眼睛里融化的人

埃里克·林德耐尔（芮虎 译）

【诗人小传】埃里克·林德耐尔（Erik Lindner，生于1968年），出生于海牙，20世纪80年代作品先是出现在一些小诗歌出版社里，1996年正式出版处女作诗集《山外边的》，至今已出版六本诗集。2013年出版了第一部小说《去白桥》，2021年出版第二部小说《延迟爱的51种方式》。林德耐尔是国际文学刊物《特拉斯》的创办者、编辑，他还为《我们的遗产》等刊物撰写评论，在位于马斯特里赫特的凡艾克学院任文学项目顾问和协调人。林德耐尔的诗歌被翻译为德语、法语、意大利语、英语等出版。其德语诗选《驶向艾克迪亚》于2013年出版，被选为德国语言文学院2014最佳翻译著作，英语诗集《语词最劣》2021年于加拿大出版。其德语译者为罗塞玛莉·斯蒂尔（Rosemarie Still）。这里选译诗作即由斯蒂尔德译译出。

"直到磨坊之翼转动……"

直到磨坊之翼转动
伊文思坐在椅上等风

直到沙丘之峰跌落
坐在椅上伊文思等风

直到火车拖着尾烟消失
等风伊文思坐在椅上

直到尘土让自己的眼睛流泪
椅上坐着伊文思等风

直到汗水在颊上干涸
风等候着坐在椅上的伊文思

直到骆驼的胡须飘舞
直到沙粒如跳蚤成群逃逸

直到龙尾被绳索缠住

直到他挥动拐杖如高尔夫球杆
直到沙尘如激浪咆哮的水沫
直到他皮箱的盖子裂开

坐在山峰上的椅子里伊文思知道:
风沉睡在沙漠那边的洼地上。

"在比雷埃夫斯港海是紫色的……"

在比雷埃夫斯港海是紫色的。

在风转动的时候
钟塔上的旗帜匍匐前行。

一个男人爬过一条狗。
一个女人弯腰揉眼睑。

伞店里一把伞掉下了柜台。

一只鸽子站在细枝上
跌落后扑腾着又回到原位。
那粒浆果几乎还悬在枝头。
鸽子飞起时竖起颈上羽翎,树枝弯曲。

少女带着写字台抽屉走入地铁车厢。

波浪前坚实的沙滩上
渔夫水平地甩出他的钓竿。

旁边停放着一辆自行车。

他叉开腿站着如小便。
沙滩上鸟儿留下踪迹。
钓竿在海面弯着腰身。

1994 年 9 月 18 日

1. 所有存在之物,皆可消失。

如炎热的日子在海滩上
七棵橄榄树投下的阴影。
如屁股冷冰冰坐在
苍老而结实的石头上。

如曲拉蒙塔纳风①击碎海平面
通过懒散的太阳逼迫之光
带走水的表层并令其在风暴中
急速旋转蓝、黄、赭、沙、水。

深深的恐惧可以消失,没有方向。

燕子如蝙蝠俯冲下来
在海滩后陡峭的崖壁前

---

① 曲拉蒙塔纳风(Tramontana),地中海沿岸的一种干冷北风。

那里小路在三道海湾里盘旋
总是依然指向法兰西。

2. 无人自愿死在博港。

那位阿拉贡来的少女在沙滩
除掉裙子飞奔如羚羊
穿过风暴,她的皮包
上面的铁铰链吊着文具夹。
这个礼拜日她独自在此
好似一个无名的故事。

在钢铁平台上空洞的基座。
废弃的边境哨所的小花园。
一道几乎滑入海里的山崖。
给那里所有的东西都赋予名字,色盲。
曲拉蒙塔纳风的游戏,高山之风
夹着力量,令人在阳光下颤抖。

3. 所有存在之物,皆可消失。

盘尼西林与吗啡,不用
处方。在陈旧的旅馆房间
两堵墙之间放着两张床

我们病了,你与我,谁是男的?

何谓男性?从发炎的脖子上
用刀子刮下的碎屑,
正如刮胡须时要用手摸
上一次,是在一个节日之前

你将不再参加的节日。或正如
一个孩子欢笑着将沙子
抛向太阳。跌倒爬起
这时才感到羞愧。

4. 所有并非存在之物,也可消失。

沙子,根茎,喜沙草,这里从来没有的
踪迹。居民们直瞪着旅行者
却不对此进行描述。
他们依然不情愿地迈步走向一座纪念碑

的建筑。现在,曲拉蒙塔纳风
舔舐你的身体,将你与眼镜一起拾起,
带走。过道将墓地
从风暴之上带至深渊边缘。

在那里只有近视眼才能发现。
它是怎么去的？五十年前。
忘记它是野蛮的。即使将艺术品
破相也是文化的一种表达。

我干了这个。没有良知。今天。日期。

身份认证（Ⅰ）

只有符合某种方式才行得通，
作为一部分的可能，一个团体，
一个社会的归属。人们
在低矮的篱笆与沙丘边缘的
铁丝网之间换衣服。

扑克牌掉落于沙上的毛巾，
篮子里的干粮已经打开，
埋藏起来的烈性烧酒厂的瓶子
我们中有人白天在那里工作。
我们像所有的人跑向大海

然后又跑回来，在人行道上拍打鞋子，
拥抱每一次说话留下的话语
在告别时发现我们伤心不已
当电车上司机向唯一的
乘客宣布站名的时候。

理　性

别怀疑理性
理性、理性、理性。
一只苍蝇从桌子边缘
爬向中心然后
又爬回来,留下棱角
几厘米,然后又进入苍白的
空虚,再次尝试
我不知的东西就从那里飞走。

当我争夺语词的时候

或者它的声音,衰弱,鸣响,
为儿童剪去头发

在她甩动自己的卷发之前

然后会很少
知道

一只手推出然后停下。

一个男人在公园吃苹果

一个男人在公园吃苹果
树林在周围鞠躬
青草在树干下生长
挤向他的双脚
池塘将植物推向岸边
那男人啃咬苹果
倾斜的一口在舌头上
吮吸着汁液并咀嚼
池塘在灌木后萎缩
树枝由树向上指示
一只动物爬上树干
跳下去奔跑过草地
在道路边缘的绿草
沿着矮树丛回到池塘
回到一个男人他合拢双手
在一个公园远处的草地上。

东方的尽头

1

沙面躺着一块骨头
一座小岛并非风平浪静

形式是坚固的
是风的故事
驱赶着边境与石块

风消逝于海洋
波浪总不断翻新

太阳将沙子染成红色
在尘灰扬起的跑道上
而蹄子以相同的节奏敲击
蹄子在沙上短暂而轻微敲击

风从岛上掀起

并加工自己早前的印痕

海滩上的泥灰岩

海岸上的跑道

海里的雨水。

2

大海拥有风的范围

并涌流越过泥灰岩

风在加工大海

一位海滩行者在风中散步

并数着自己的步子

沙滩松软的部分

与波浪吹散的泡沫顶冠

与那被风分离的絮片

卷着爬着推着的块片

小岛在片刻间宁静伫立

在大海的边缘

蹄子踏碎了石块

大海将骨头带上了陆地

沙滩在风中冷却

泡沫之絮丈量小岛
范围，小岛暂时出现
在一位沙滩行者沉重的脚步下
海上没有风的帮助

一座阶梯通入大海

一座阶梯通入大海
波浪漫上一级台阶

一艘船猛拖自己的铁链
让船身横置

司机在行驶中打开车门
将槟榔吐在行进的地上

滚动的香烟四溅火星

叶片拍打着驶过的列车
在地铁站一个男人戴着安全帽

雨水浇熄了火

一条狗看护两头绵羊
沿着田野小跑而过

一座阶梯跌落

被一级台阶撞坏。

岛　屿

一个女人站在那里
在窗前。
她往外张望。
她张望
谁在那里。

一艘轮船在外国？——
不再行驶。只有一座岛屿。
孤独。她不再进食。不再
喝水。穿着白色的睡衣睡觉——

马雅可夫斯基面孔下的站台上
——为牛仔裤做广告,
等待,我们好似如此着想。在屋前。

也在窗前
一位女人
面容苍白
在没有梳洗的头发中间。

说谢谢,诅咒并请求
每一个请求都要友善,友善。

我按了门铃,捶打屋门
几次呼唤她的名字。

然后在窗后站着一位
女人。
她是我的母亲。

她说:我是你的母亲。
不要去想,那艘船全部烧光无人幸免。

我还记得

海平面使你的双手只能
机械得形如挖泥船的小斗
倒出的每一铲沙都滑向你的脚前
谁还说过房子烟囱和桌子
你的指甲只能在沙上挖出一座低矮的楼层。

我还记得地面震动你站着挥手示意
用文着所有尖叫的鸟儿的胳膊
乌云越是低沉波浪越是急遽
你在宽阔的沙滩上拖着满手的湿沙
你双肘如刮雨器在墙上涂泥灰。

我知道风一平息你的鸟儿就会安静
你连沙拖来的海星无声跌落在墙前
我也知道你的双腿是这样苍白地伸展
我看见贝壳片插在你的脚趾间
唯一可以藏匿的是你在沙中的身体。

去艾克迪亚① (3首)

1

她在那里看到他。
(一道目光来自眼角
在相对而来行驶的方向。)

手提箱在他的右腿旁。
大衣搭在手臂上。

他问:你的手在这里?
他坐在手提箱上。

一只手燃烧她的下体
一只手燃烧上面
阳光下转动的车轮。

---

① 艾克迪亚(Akedia),基督教中指精神上的无为与懒惰。

她嘴唇上的唾沫。

敲打他上衣上的阳光。

2

她的膝上过滤嘴香烟

插在打开的火柴盒里,

她把手伸入敞开的毛衣领口。

指尖放在锁骨上。

一根针在他的西装上。(来自前灯的牛奶。)

细条纹短袜。胸针下的拇指。

把微笑带着呵欠揉在手帕里。

无物被她忽略,

无人被她忽略。

没有图案的擦碗布。

没有炉子的面包。

3

这鸟与这次航行太相合

她说,用手

遮住船栏杆上的涂鸦。

她脖子上围一件衣服。
前日的化妆。
海风吹过露出耳垂。

他的嘴味道奇特
船体小舱的味道。
鸟儿敲打舷窗。

米夏·安德瑞森（襧园 译）

【诗人小传】米夏·安德瑞森（Mischa Andriessen，生于1970年），迄今出版五本诗集，包括《和D一起注目》（2008）、《房的叛逆》（2012）、《流浪》（2016）等，2021年出版了第五本诗集《假装辛迪加》。其首部诗集获得年度最佳首部诗集奖（C. Buddingh 奖），《流浪》获得 J. C. 布卢门诗歌奖和夏洛特·科勒奖金。安德瑞森是自由撰稿人、记者，为荷兰《电讯报》和《忠诚报》的爵士乐和视觉艺术版块撰写评论，参与创办了国际文学刊物《特拉斯》。他还是马修·迪克曼（Matthew Dickmann）和格雷厄姆·斯威夫特（Graham Swift）诗作的荷兰语译者。现在他正在创作首部小说。这里选译的诗作由英语译出，英译者有戴维·柯麦尔（David Colmer）、威勒姆·格罗奈维根（Willem Groenewegen）、约翰·艾润（John Irons）。

我是查理?

我立刻爬了起来
从那张长条桌下。
再没别的人了,没有
戴口罩的男人,除了我
房间里再没别人。
我拿出一张白纸,
一支笔,开始思索:
那幕场景,那部电影,那位父亲
他走进房间,说道:
我们是理智的人,
对此一定会有个解决办法。
那副身形,那个不改变心意的
男人,以膝反射式的本能疑心行动,
一副冤屈腔。
他一直保持着年轻,要求
什么都要的自由
得到他想要的东西的自由,就像我
他从桌子下面出来
用他切割模具似的眼睛凝望

向那已被铸就的灾难。
你知道是谁引发的吗?他问
我一脸茫然地看他。
查理,他说,你知道谁是。
我想起身,说:查理,那是我。
你怕了,他说,我看得出来,
幸好你是个理智的人。

事　迹

他知道有人在家等着他
但还是回去了。他们站在那儿
诅咒寒冷和黑暗,
女人,怨恨着,仍然激动。
"那杂种还没出现。"
当然,遥远旅途的梦想,
要读的书,要写的书,
她如何再次闭上双眼
从上腹部开始战栗。
他能做的只有思考
最糟的那一刻,孩子们熟睡着,
她看见他们站在外边
牵着喷鼻息的狗吸烟,
他们目光坚定,盯着
街道尽头,很快他就从那儿
过来,她还会瞧见,
他们截住他,
问他要文件,带他离开。
她战栗着,闭上双眼。

阿布达[①]

一位年轻军医身着制服
他从陌生人的队伍里随机
选出他的病人直到人数够做
不在场证明。
他们消失在那辆偷来的救护车里。
他没看见他的父亲。
沿途他让他们都离去。
对于他们能怎样感谢他的问题,
他答道"不必。"
看着他们跑过那片空地
他去往一座营地,那是在他的地图上
还没有被划掉的。
在那仓促组合的队列中他找到
新的病人,却没有一个是他父亲。
后来他猛地关上车尾箱,
扔掉地图,上车,
驱车离开,再也不看向

[①] 阿布达(Abda),位于匈牙利。诗人米克罗思·劳德诺提(Miklós Radnóti)1944 年 11 月 10 日被一枪毙命于该地附近。——原注

这片被踩碎的黑色土地
也不再看这片土地上因幸福满溢
而羞红了脸的
年轻女人。

仪 式

他抛下硬币,撒下一些沙土。
我们都不熟悉这个仪规,
至少不足够了解
这是否可能已到了完结那步。
铺洒了硬币的棺椁上方
之空无看上去如此美丽,
不过这仍不够,
永远都不会够。
他站在那里翻遍
所有的口袋,都已是空空,
很快它们翻挂衣外像一只只耳朵。
随后我们跪下,用双手
捧起泥土,仿佛那是自我们
呼吸以来的空气和世代。

赶在死亡前康复

"但是先生——"医生抗议。
"抱歉,"他说,"我知道你
想要说什么,但我在行使
不赞同的权利。"
他挣扎起身立在桌边,
看着他椅子旁的高脚凳
迈出了一步,摇摇晃晃。
"好了,"他说,"再多来六步,
我就该到门口了,也许
你可以先替我开门?"
穿过楼上窗户的声响,
飞掠的路上车辆,被耽搁
司机揿下的喇叭声声,
一位老人,以死亡般的冷静,走到马路对面。

伟大的热望

> 我淌血的心弄脏了裤子。
>
> ——基斯·奥文斯

D问我有没有感到一股伟大的热望。
现在我们已经到了那种年纪。
"不知道,"我说。"真的?"
D问。"从没想过在女王生日
从电车前面蹿出来?""从没
想过搭个大卡车便车
去一个遥远的贫穷国家
和女生放浪形迹
趁着还没正式坠入爱河
然后回家告诉父母
你回来是因为他们
但会一辈子郁郁不乐?"
我双颊鼓胀塞满开心果,
目光扫荡干净桌面
直到它泛着亮光。希望D
如我有足够多的时间。

蒂 娜①

> 写作是为了变得非个人化。
>
> ——乔治·阿甘本②

到达我们声音无法企及之地
我否认什么是法律
一个具象化的谣言
爱就是留出距离
在我和像我的那个人之间

与世隔绝多年后现在我在这里
打开自己呈现给每一道目光
我们走的是同一条路
我试了,为什么你不和我说话?
至少告诉我你看见了什么

惧怕中我在室内洗头和双手

---

① 蒂娜(Daena),琐罗亚斯德教中的一个概念,代表洞察力和启示,因而也代表良知和宗教。被视为自然精灵中的一位神。——译注,下同
② 乔治·阿甘本(Giorgio Agamben,生于1942年),意大利政治思想家、哲学家,当代世界最具挑战性的重要思想家之一。

你是真实的？我问
我变回原来的我
而你却已按照承诺在等我
我不能跟你走

哪里都不会安静，除非
我变回原来的我
必须在彼岸等候的他
否认着渴望
别让视线偏离他

最后他向我走来
一张黢黑黢黑的脸这么近
但没有共同的记忆
不动声色地，他笑，保持着沉默
我想你一直在等别的谁

我回来时他还在那里
什么是真实？你拥有什么？你找到什么？
我否认什么是法律
不，是**你**在等
别担心，我跟你走

阿克提安①

I

餐桌上的羔羊。

房间里的男人

大笑,违背他们对

红酒白酒存货的索求。

仆人们都离开了

女仆们居后,不是奉献精神

而是责任心。

有人吹口哨,有人疯闹,他在晕眩。

趴下,他大喊,预备着

再嚷一声,但他们都服从了。

被瞬间的沉默包围

他立即返回房间

揉着双眼,强迫自己

向更远处看,向更远处去。

---

① 阿克提安(Actaeon),古希腊神话中的猎人,因撞见月神阿尔忒弥斯沐浴而被她变为一只牡鹿,并被女神的猎犬群咬死。

他拍着手

一路走着没有回望。

他们会跟着来的。

II

他本应早些看见

所以他能见着。袒露无遗

她回归了原初的状态

她不会那么快就忘了的,而他

已经忘掉了对她的这个印象

像是——可是她已经变身了。

尖锐的四爪潜藏在皮毛下

这皮毛掩蔽了她的裸露。

她记下了他的双眼,他的特征

刻意地,她并非不敏感

他以为没人看见他进入树丛,但她依然比他以为的

要更敏锐。

III

你行走——这林子里

黑暗中没有什么

是你陌生的,即使是现在

闪着不曾见过的亮银光。
你可以闭上双眼,找到
回家的路——这树林
这灌木丛,这沙砾里
新鲜的蹄印。
已经不远了。
放轻松,孩子们。它们成群
从你身上跃过。你大笑着。
现在放轻松,是我呀,看看吧。

大　门

父亲在大门外站定。
儿子把他送走,过了
很久才等到他回来,
再赶走他,一次又一次
但每次回来儿子都要观察更久
铭记他的特征,像是试图
最终找到值得记住的东西。
当父亲再一次出现在花园的步道上
他立即穿上外套,走出
门外,关上身后的门。
他们一起离开,知道要去往何方。

鸟　王

通常是年轻的小伙，将近成年。
他们在春季离开各自的家
头脑发热，像是有什么人在召唤他们。
幸存者想不起来
它是什么了——伸展的双翼
轻柔掠过
一声沉默的呼唤，像是石头在
错乱的头脑里歌唱。
他们有些人的父亲
之前也去过，没有地图方位
指引，没有路线；有时候
有人能抵达并回到
他出发的地方
谈起那经历，衣衫
褴褛，破旧不堪
一脸的癫狂：
悬崖上的鹰巢
恢复了神智的眼，乌紫的嘴唇
沿着大路之间的
那条小道，回到了这里。
传言说他们都在听。

监管人

像猎豹,男人们躺在
冰冷的大理石地板上
他们光头、裸体、坦诚
而我烦透了他们。
我召唤监管人。
他们来了:这些监管人
明天早上他们就会被绞死。
好吧,随便了,我咕哝着
但他们已发现了他们
年轻小伙,漂亮的年轻女人
已经被带去院子里
他们会从指导手册里大声念上几句
拒绝蒙上眼睛,似乎这能证明些什么。
接着就由我来做主了,一声令下
他们就会被释放,我的权力不受限
我的疏离感也一样,但这不关我事。

公　正

我听见我们在向上攀升。
不用我下令
我的双脚就自己撑紧。
我身后的那两个人拽住了
我的前臂，将我向前推。
我的双脚胡乱触到了梯级。
我挣扎着，被推搡着
像被向上拉的沉重负担。
就在塔楼之顶，从众人
兴奋声音传出的深度，仅凭估算
我能判断出距离，却不知怎的
便已知悉，似乎从迈上这石头阶梯的第一级
我就已经看穿了他们的计划。
他们的指控声嘤嘤嗡嗡。
我拒绝认罪，我说，心知这不会带给我
变化，但那又能改变你什么？
授予我这荣誉，让我自行降格
与他们身后高喊不要法律的人
等同。他们加强了控制。

不过根据法律，我们应该立刻打死你，他们中的一个说。
我们多年前就等着这法律了，另一个说。想想吧，少了它这里会是什么样子。
我从根本上反对它，我说。
毫无疑问，他们哄笑。这一点那法律也写进去了。

极　限

箱子上的男人都在低声交谈
他知道这意味着什么：他该放弃
已经支付一大笔费用的服务了
马队停下
旅程在此终结
那些人会在干草堆里搜寻他们
先是他，然后他妻子，之后他们的孩子
都熟睡在火药和红酒中，那些人会勒死他们。
不会漏掉他们三个的，他们可以丢掉货物
分散装载，绝望中的人
受骗上当没有尽头。
他寻思，沉默是他们最好的朋友，尖叫声
背叛，他跃出了那马车
丢下家人逃离，还高声歌唱
惊醒了婴孩，让他的妻子陷入无端恐慌。
他跑走了，他们可以去追赶他了
但众人只抬头看，放下手头的活计
他们已听见了哭声，车夫的咒骂声
车夫很快会带他们去到离开的地方。

差 异

他们到来前我们就隐身了
而我们最终从躲藏点出来时
他们已经离开。
这房间乍看之下没有变化
什么都没有挪动。
他们甚至还把身后的门关上。
我们都听过别人的经历。
东西是怎么被翻个底朝天
能破坏的都毁掉
凡是可能有些价值的都拿走。
有人听见我们了,爸爸使劲地
将手臂举高
祈祷。哦,上帝呀
妈妈浑身发抖,一只手捂上了嘴巴。
她盯着奶奶的椅子
房间另一头一张脸正面对着她
一根哆嗦的手指指着我们在计数
总是漏掉一个

我们[曾]在[那儿……]①

进了你的房间
以为你不在里面
看见你在一个本子上涂涂抹抹
你吐了吐舌尖
盖住了那一页但太迟了

我离开屋子走了很远
经过那小片菜地我们[曾]在[那儿……]
你注定要铭记这些
现在我就在那里,[那时]我打了电话,所以过来了
听到你做出承诺然后消失不见

回到那个房间,你
涂抹过的页面上满是
硝酸金的成分
酒精我知道这和我相关
[硝酸金]可能和化合物有关

---

① 该诗写作风格有"吞词"之感,即说话只说一半或只说关键词,诗题亦仅是"Where We",译时若不添加内容,会令人费解。

现在你在菜地徘徊

待会儿回家时会不会情绪

激动甚至在某处

一张吧凳上翘起一条腿

搭到邻座凳子上,等待

直到有人从你的裤管

后面找到你

很遗憾因为这是个禁忌

我从未关注过化学

再一次我翻阅了你留下的笔迹

添加上我自己的成分

直到这化合物冒泡漫出

我跑去菜地我们［曾］在［那儿……］

你注定要铭记这些

但你却不在那里。

玛丽亚·巴纳斯（禤园 译）

【诗人小传】 玛丽亚·巴纳斯（Maria Barnas，生于 1973 年），出生于荷恩。荷兰作家、诗人、艺术家。现任荷兰国立博物馆顾问，并在阿姆斯特丹的桑德伯格艺术学院出任"接近语言"硕士课程的联合主管。她还是文学杂志《指南》的编辑。她的首部诗集《两个太阳》（2003）获得年度最佳首部诗集奖（C. Buddingh 奖），之后又出版了多种备受赞誉的诗集，《一座城升起》（2007）获得了 J. C. 布隆奖，《是的，是的，大爆炸》（2013）获得荷兰最重要的 VSB 诗歌奖提名及安娜·巴贡诗歌奖。她最近的一本诗集是《夜船》。这里选译的诗作由英语译出，英译者是唐纳德·加德纳（Donald Gardner）。

两个太阳

我入睡之际下方的大海静寂
而太阳则一如既往在我前方。

我就在黑暗水体的细节旁伫立
之后还会去到船边,

船上白帆像松弛的叹息之声
时而又在嘎嘎的鸥鸟声中狂喜。

而在丢弃的绳圈中我已侧身
圈定某个日期。目送他,还有一个太阳,
隐没在远处。窗框内的凌乱重复。

他叫我"花儿"。还有其他的"春天""辣妹""甜点"
"甜心""糖果",不过最近更常用的是
"最好别""现在别""拜托"。

极轻柔、甜美,富于表现力

火焰绕着塔楼肆虐。
一个黑色天使提着手提箱从三十七层楼的
一扇窗跃下。他随身携带了什么?

我在钢琴上弹奏《梦幻曲》。"极轻柔、甜美,
富于表现力。"但我又该如何做。
我关掉了电视的声音。

那位黑色天使再次向死亡跃下
我需要一个十分确信的活着的理由。
但假如你合上我的双眼,你也定能看见它:
它是我内心的黑暗。

有一座塔楼正在塌陷
一切都柔和而具有表现力
犹如指尖上吹走的一根睫毛。

伤感隐喻垂挂枝上像死去的天鹅

有一种生活从晚餐的主题
退出,缓慢地向内生长

尽管我的喉头反复发出一个喉音
但是它俘获了自身(那种飞鸟-黑

为你对一棵树的思想涂抹上色
一群想不出更好处所的飞鸟)

不用聆听,无物不勾起记忆
你要白色,就指着它,还是要红色呢

然而我的惧怕压根不是一群飞鸟
它远甚我对死亡的惧怕,对就要红色。

游戏汤已端上。

有人驱赶这些孤单的天鹅吗?
他们在水道里切出八字形。

然后我会让夜之树在我身上生根
摇曳。寻找安谧的意象。

我往桌布上泼洒飞鸟。

雨洒落弗雷德里克广场①

她就站在即将发生之事的
边缘,周遭树木渐渐变得

僵直。她折叠起对他人的承诺
将两个字吐进顽固的

白色水流。一只狗跳起
越过她身在的边缘,雨开始

飘落进喷水池。
爱只能忍受

然而唯有语言具有倾向性。
于是倾向发生。

喷水池都摆出相似的姿态
那只狗会把自己身上的毛发甩掉

---

① 弗雷德里克广场(Frederiksplein),荷兰首都阿姆斯特丹市区的一块三角形地带。

如果事态维持原样。对自己的手,她没把握
而就在她那两个字触到的水面上

有两只狗清晰起来。
一只没了毛发,另一只没了心。

一座城升起

从顶层进入这座城。
下方布宜诺斯艾利斯的街道在咆哮。

城中出现的一切都是妥当模样。

他们带你沿合适的角度走。
但是阴影却吹向这里

还有鹅卵石的建筑物
成为旋涡吸引人的中心。其中一座

有一颗擦伤的红色石头心。

这样想就不必看一颗心如何将自己掏空
你下楼。试图抓紧你的影子。

你一圈红色的颈肉开着口
淌出一条红色河流。想想瀑布。

瀑布。

钢琴盖将房子砰地关上。
重击一座建筑,往墙上抡。

电梯里你绊跌在某个房子的门槛上。
群星的天花板升起。

二十层楼的骤降。标准高度。
一座城升起。

你占据的空间

岩石终将小心地转化成
山脊上的鹿。每晚变得更暗更粗糙。

羊群奔跑如一块白色的污渍,是手蹭掉的一块
桌面剥落外皮,不,从泛灰草地上

蹭掉的。一定是被这一大群犹疑不定的生物
给惊呆了。山如何在水中——

母亲作为一段记忆游移
作为我的母亲在未知花园里游移。

这不真实:她洗刷一间玻璃屋。
我有她提的问题:

你有没有过突然惊醒,没有了年岁
因为记忆滴落你的额头
直至成为事实。它们毫无争议地

使你的名字匹配写在信封背面的
一条街道,一个数字,一个国家。

你是女人,这意味着当你吹干清晨之发时
不要用一声叹息在我们的额头上

缭绕出一把过往的锁。你梳着
我打结的头发。别动。我们彼此太相像。

我们以前在哪儿?那儿
有他们在右边。不,那些是石头。

太迟了

我曾在城里骑行穿过一片沉寂区域
那里慢慢长起了房子,人气聚集
孤寂在此时跃上了后座

还说我要和你同行一段我也正要往那边去
这不方便呀我回答。我还得给一封信
找个开头。再见了。

我削好了一只红苹果,苍白的果肉
在碟子里看起来那么萧索
我下不了口。想象你选了的

那个女人,你没选我,再构思出另一个
我可以生活的国度。
孤寂已经试遍了所有的椅子

你来电话时它刚在床上躺下。
你看上去那么疲惫我乐意邀请你进屋来。
但你的行李又这么多。行李箱塞满了

机敏的辞令,太重拎不动。
那个男人开腔了。为什么不让我进来
是不是里面还有别人?

没有,我说谎了。就我一个。我数着
一个人穿过门廊时能撒几个谎
得到的印象是有什么东西被遗漏了。

大　众

我们是划桨人，脸上挂着露珠
悄无声息划入清晨。
我们是报章宣称的那群人，
被谈论的数据，框架中的群体。
我们是你散布的风险因子。
我们已寻见彼此，一旦知晓
被安排在此处的天意，却唯有静默。

或许你与这安排有关联？削弱我们的
是你吗？让我们在随机性的大海中凋零
就因为我们人够多：我们的哭喊
绝不会比一个女人的尖叫来得耸动
她的双手在电车轨道上燃烧。
她在那里。她在尖叫，像一个双手
在燃烧的女人那样尖叫。

我们发出的声音越响亮，自毁的程度
就越高，之后我们就成为你掌心里
不完整的墨水乌鸦，你甩开手，

仿佛它属于最后光亮中的一位陌生人。
划桨手们要去哪里,他们生硬地
向后划行,他们如水般
尽情地挥动船桨,沿着土地后退。

思绪与那女孩

从眼角的余光我看见田野与房屋掠过
而我正试图研究坐在正对面的
那个女孩。一只眼角的视野能囊括众多。
我认出一座房屋、一道沟渠、一头牛连带

这牛一边啃草一边在迷惑地凝望,伸长了
脖子,急切地倾听一声陌生的声响。
抑或它只是呆立着,等待一个信号?
动物们在边缘地带迅速繁殖。

他们在这块下沉的沼泽地安顿下来
住进简陋的房子,每一座
我都住过。那个女孩正攥紧一本书

放在膝上,书上是大脑的横截面图。
她沿着脑小叶和脑室画圈,解剖
我的思考力和我琢磨她的能力。

加时赛

一切看起来都很妥当
孩子们　绿植　报纸
草坪　快洗完的衣物
挂好的外套　配对好的鞋

你想深吸一口气
眼角的余光却扫见一群人
从体育场的座位上起立。动作
整齐划一。手臂高举欢呼声起。

上万条舌头竟如此动作一致,如在同一张
大张的无牙之嘴里。球员在球场上
挪移,场内举动配合

规矩,场外则交由一枚球和一个
罚球点统领。这个世界亲密无间
你大可抹去鲁本额上的汗,目睹

里贝里翻白眼的怒火。他们的

小腿不知疲倦,直到镜头移开
观众重新落座。

你刚想呼一口气
比规则和球场边线更确凿的一阵凉意
袭进场馆,一阵寒风掠过身畔

躯体缓慢重复地起立,为脚边的
声响倒抽凉气。我们坐着没动。
把希望投入加时赛。

孩 子

还有十三分钟
不,是十二分钟。

我有一整天的时间可以工作
却用来阅读,将物品分类,琢磨
如何将这一天规划周全,现在
只剩十一分钟

接下来我得去接孩子们了。换尿片
擦鼻子,冲他们大嚷不许
用煮锅打头,不许踢
动物,踢门,不许在地毯上大便
又开着玩具火车穿过那堆大便
不许把鼻涕擦到弟弟身上
现在你真的必须得去睡觉了,睡觉去,赶紧,快
去你自己的床上,不许尖叫不许尖叫不许这样尖叫!

内心啜泣
看着早晨流逝

震惊诧异。

还有八分钟完成一篇杰作
至少可以开个头。

类似这样的开头。

幻　象

盐和胡椒研磨器滚下桌子。地上烟灰缸
碎裂成片，红酒溢出
碎酒杯，溅洒柠檬绿的沙发垫
沙发垫盖着破裂的阳台面板。

菜单像柯斯特夫利斯海峡上空
受惊的海鸥，我眯起了双眼。
人一个接着一个离开餐桌，像是安排好的
最后只剩下我一个看着一艘船突突地驶过。

船上是一堆废弃的自行车。
这堆躯壳抵达大桥时我意识到
残骸中的死之必然性。亡灵之船漂走。

我紧紧地盯着，那船长必定看见了
当他从桥下消失。是幻象吗？
你永远不知道。它，缓缓地，驶过。

噢,对,大爆炸

噢,对,大爆炸,我听见自己这么说。
这样一件事怎么会适合出自我嘴?
生命的起源　我舌上的一个肿块。

嘘!惧怕是树上的一群鸟。
抑或它们是墨般漆黑的树枝上
紧缩一团的语词。恐慌的一种形式

在我体内涌现,自我喉咙喷涌。
如一群向上飞蹿的鸟。宇宙舒展
它的双翼。我们振动翅膀,喜悦尖叫。

再见,阿姆斯特丹

我沿着堤岸张望,看见夜色
潜入这座城,像是一艘长单桅帆船
在浅河的污垢中寻找
掩蔽。阿姆斯特尔河突然燃烧,而后

在我记忆里消隐,河水拍打着
堤岸。我不需要留下。
我能承受所有的名号。跨越所有的河流。
它们还能传达些什么呢?除了最深处的砾石

最窒息的过往,密匝地堆叠起
让完美的时刻得以浮现。
每一个旧时日的幸福。当天空变为灰白

近乎光亮,地平线上现出一个波动的名字。
一座城。没有海岸的时间与我。

未　来

一张办公椅轰隆隆地翻滚下来。

我可以对着这乏味的镜子说你就是这条鱼
还说：你应该爱慕我，噢，挚爱。
为什么你会这样透不过气来，脸上现出渴望？

我们可以说：未来是一面乏味的黑色镜子。
或是：我们有一个设计好的未来。
那里有肥胖懒惰的鱼

浸没在沉重的水中，舀出来
像黑色红宝石，贮藏在银行
或是保险箱里，密码藏在你的床垫下。

此外，你大可以在海洋馆里宠爱鳐鱼。
它们将鳍转过来对着你的指尖

指尖在几乎不透光的屏幕上
预演一个未来的多种形状。

特别的旋涡

本应出现一首诗的那张纸
在具象与想象中踌躇。

诗人拒绝写作,害怕
坠入其间,犹如堕入无底的

电梯井。这是想象中的房间?
诗人什么也不排斥。她能以那种方式活着。

始于那张桌子,她为自己建造的写作
舞台,一个现实刚刚成形。

一名诗人出现其中。她缓慢地挪移
穿过一层厚实的雪。她宣告某事

只是为了反对它。旋涡是诗人
玩弄的一个词。特别的旋涡。

把它删掉。

夜晚涨潮的海上有一艘船

船的甲板会带她回家。远方的海岸
有可以去的国家。只有那船变得白亮。

她周遭一切仍是黑色,海一般地晃荡。
天正下雪,落下的雪都是来自过往的意象。

雪在下,写入落雪。
雪在下,来自我嘴里的厚实笨拙的雪花。

阿尔弗雷德·萨弗尔
（范静哗 赵 四 译）

【诗人小传】 阿尔弗雷德·萨弗尔（Alfred Schaffer，生于1973年），成长于海牙。在莱顿大学学习过荷兰文学、摄影、戏剧，2002年在开普敦大学获得博士学位。做过阿姆斯特丹一家大型出版社的编辑，现于南非的斯坦陵布什大学教授荷兰文学。2002年出版处女作诗集《他在郊区兴起》。迄今共出版十本诗集，包括《流浪者》《水沫》《笼子》《人兽事》《死后地。一曲圣歌》等。其中，《人兽事》以南非祖鲁族神话为依据。他的多本诗集获得过多种奖项：约·彼得斯奖、许格斯·C. 佩尔纳特奖、扬·坎珀特奖、夏洛特·科勒奖等，2021年他凭迄今的全部作品赢得了P. C. 霍夫特奖。这里选译的诗作由英语译出，从《白日（梦）（第9377号）》到《拜访：白日（梦）（第3623号）》由范静哗翻译，其余诗作由赵四译出。萨弗尔诗作英译者是米歇尔·哈奇森（Michele Hutchison）和约翰·艾润（John Irons）。

白日（梦）（第9377号）

到家一个钟头左右，
我又溜了出去。
过不了多久，太阳会落下，
我走上通向铁道后那片树林的小路，
经过足球场，手里提着自己做的标枪。
枪头冒着恐怖的尖叫。
一条狗就可能毁掉
一个稀有品种，乌黑发亮犹如布道文，
下巴上挂着泡沫。
吠叫着要赶到黑影前面，
我追赶我的影子，掠过树丛，
直到一块厚实的帘子被扯掉。
那儿有东西，半埋在几片树叶和沙土下。
我举起标枪，向前一步，凝定。
似乎我说话的权利在突然间报废——
老头衫紧贴在身上，
皮肤的棱镜像一场摇曳的梦。
我发了一会儿光，
然后被掐灭。

白日（梦）（第3号）

夜晚最糟。

远处是最后的农场，

但什么都认不出来，包括我自己的嗓音。

没有东西、没有一样还能构成意义——

突然间，一切似乎都近在眼前，近得危险，都被记录下来。

沟里有水，风吹过过膝的草丛，

毛孔丰富的大地以及那边的马匹，

我想那是一匹马。

我慢慢系鞋带争取时间。

我的帆布包里有水、食物、干衣服、

一把散弹，手机还有信号。

我极少思考，尽量不呼吸。

我似乎已死，却又生命偾张。

若是渴了，我便喝水。

若是累了，就唱一首

我妈妈常常哼唱的歌。

从上面看，这似乎是逃跑，

但从上面看，一切都很黑暗。

我估计,最多几公里之外,

太阳就会升起,

四周将朗照着熠熠的光。

白日(梦)(第526号)

我带着一星期的弹药越过这空荡荡的地方。
当我扯着嗓子喊几句国歌时,
挂到了一辆卡车上。
我只吼了几句,试试调子。
我在这儿学会了屠杀动物,
内脏装在粗布袋中抛到火上。
在这儿,猎物要被砸死。
骑车、跳过水沟,在这儿,七个小孩
朝我身上撒尿,而我趴在地上,直到能够再次
起来,一个夏日黄昏我在这儿跑着穿过花园,
在低垂的日光下追她——不管她是否咯咯地笑。
假若我一不小心,往后退了一步,
我就会一步一步地后退,
远离我自己。当我离自己很远,
远到
听不见自己时,我便转身奔跑,
发疯般地跑。
而今天多么安静啊,

安静得像冬季的森林,

安静得像一只飞到了高空的鸟,

安静得像一条沉睡的鲸鱼。

白日（梦）（第598号）

那山口出了名地险恶。
左边是虬结的松树，
右边是星球与星辰。
有时我被超，有时我必须刹住
在我前面奔涌的暗黑云朵，
似乎我应该匆忙而我一点也不急。
我把车开向天上，好像乘着一首儿童歌曲。
拐过一道陡弯，接着是山口的最高点——
光闪了几秒，就像骷髅，
然后一切在山坡上急转直下。
我提了车速，屏住呼吸，
却被一阵深沉的睡意
突然袭击，犹如被浓雾蒙住。
四周一片死寂。
匆忙间，我让它以两轮站立，
似乎我一会儿之前
才从天堂之物制成的丝绒钻头下幸存下来。
无论我是在回家的路上，一人
还是有伴——我已经彻底忘记。

除此之外,就剩下隆冬的酷寒,
那条路,那条可恨的路,
没完没了地向上爬,
一直不停,不始不终。

新年:白日(梦)(第 1354 号)

天气转凉了。
不大的阳台上,
根本无法抵挡得了那吵闹,
所以在睡觉之前,我从二楼
抛下铁锚,一根沉重的链索
把它固定在外墙上。
随着一声沉闷的拍击声,它沉入地下。
一群鹅在我楼下的草地里
闲逛,就像祈祷者喝醉了。
我很想就它们是否是鹅打赌——那些发出嘎嘎声的
灰白的不规则色块。
午夜过后不久,半醒间
睡眼蒙眬的我
被敞开的窗户吸引过去,勉强瞥见一眼
消失在地平线上的村庄。
吊着铁锚的链索
来回荡得厉害。
我尽可能轻地关上了窗户,
不想弄出一点动静,然后
回到床上。

目力能及之地

接着,帘幕升起,小小的红色"出口"令人心安。
再一次,你的关注放错了地方,从远处看,
你甚至令我想起另一个人。嘴里叼着一支香烟,
左手拿一本旅游手册,右手拿着武器。狐疑满腹,

心思都付给细节。那一切敬畏是否都在?你的回声
能传多远?我们观看的冲动超越所有预期,但那不是
你要担心的事,那不是你的错,你只是就那么站着,
距离就得以呈现:图像不可能再被抹去。

有什么是注定要发生的事?或者已经结束,手指
扣住了扳机,萦绕的浓烟——我实在做不了你所想的事,
我就是实在做不到。所有那些空洞的狐疑,形成于
很久以前一去不回的那类事,也是形成梦想的事。

拜访：白日（梦）（第 3623 号）

汗流浃背的我，突然就忘记了台词。
我站在那儿，摆弄地图，
那就像是永恒。
光秃的树，整洁的街道，关闭的百叶窗，
所有的屋子都住着人；
起码我听到的就是这样。
我让引擎开着，以防万一；
不锈钢造出了我的车，和平带我到所到之处。
这天不会停下，路坑坑洼洼，
而且大雾、堵车、灌木干枯，除了沙土，什么也没有，
天上没有星，地上没有光。
似乎我在我自己的脑子里散步，
似乎我淹死在水银之湖中——
也许我读错了地图。
这儿寒冷刺骨。
走在光的旋梯上，以为是踏着一只毛茸茸的东西，
像狗一样躺在地上一动不动。
多么想有人对我说话，有人理解我。

我是说,黄昏已降临,

我想我应该结束,离开

游乐场,只是它是一条死胡同。

声音与形象的庆典

第一场雪像五彩碎纸从天空盘旋而下。
处处欢笑,处处烟花声噼啪,
孩童们伸长舌头舔尝冰冷。

睡是专注力的一场无痛训练,一趟
穿过屋子寻找某物的漫游,或关乎某个大叫
我在这儿的人。睡是钟的无声滴答走时,

一个雪人徘徊树下在**整整一夜的**
庆祝之后,它摇晃的上半身冻结固定
在了下半身上,一个悲剧性的外表永远更白的抗议者。

白日（梦）（第5106号）

经典的枪战。
也有如此激烈的竞争
真稀奇，它使我的蛋蛋刺痛。
我站在一边，而在另一边
也还是我，只是是感冒了的泄露版。
患白化病的蓝精灵，从《蓝精灵》
还有我忘了的别的哪儿剪出来的。
紧张气氛噼啪作响就像一场火灾在一家造纸厂里。
我采用了另一种真正好看的外观——
我变得多么暄胖，全能之神，我不是固体的。
像待在福尔马林中的一个独裁者。
我们之间的区域广袤无垠，混凝土的极地地区。
事实上只是沙和草的混合物
不比我过去常躺在里面的后花园大。
我看见我自己在思考但那不是我的身体
那不是我，我绝不会在外衣兜里摸来摸去
找一把口琴
去吹奏一曲愚蠢小调。

"作为007的自画像"——白日（梦）
（第1516号）

有什么东西出了错。
我吊挂着像射击游戏兜住了大量的风
高悬在一座城市上空。
到处是写字楼玻璃，血慢慢地离开我的胳膊。
有东西在远处燃烧，一群狗
在下面的柏油路上狂吠，
几架直升机咔嗒作响像打蛋器翱翔出视线。
到目前为止，我一直在做着我自己的绝技。
我发出几声尖叫，是脚本上没有的
我以恶斗恶
恶像只蟑螂。
需要时我不停地上翻
在胜利地漫步走进未来的大结局造型之前
我的那些被原谅和被遗忘的事迹与罪行——
我绝不经由我口说出
我宁愿放手。

白日（梦）（0号）

我睡不着，霜冻夜晚的灯使我一直醒着。
我翻来覆去如同一棵树上的叶片
这辗转带来无眠。
我的爪子以贪吃的本能反应伸出
但我已餍足，我被遗弃在这原始森林里
和被晒黑的树木在一起——
沉醉于倦怠，毕竟我已被摧毁。
那就像身中热毒
沿着没有尽头的煤渣跑道艰难行进。
在树干和灌木丛之间散落着
几个人，骨折的或心软的。
人们说有幽灵在此人们说
不移动的东西必定是被恐惧冻住了。
但我只感觉到爱
像在一个古老的童话故事里。
我起身祈祷，我祈祷也就祈祷了
我祈祷，有人就会听到我的祷告。
报警笛声在地平线以外增强。
我把你寻觅但发现畅行无阻。

白日（梦）(第 37 号)

石头山岭，石头田野。
耀眼的白日晴空，一只生锈的铁罐在我脚边。
六七米开外，一具光洁、泛白的动物骨架
坍塌在一堵风化了的墙边。
酷热烧得我五内崩裂
直至我唯一能做的就是愚蠢地龇牙咧嘴——
如果我还活着，我会因一头鹿
或能吃的什么而死，但饥饿被我远远地甩在了身后！
一路走来我已变成
地平线上一个颤动的点，世界的尽头
救世主在那里日夜踱步。
我脚踢铁罐它飞驰而去
直至不见影踪。
众所周知的飓风眼。
那是权能的蠢玩笑。
但是一想到刚才我可能会突然消失，我便恐惧
幸而现在恐惧不再
我只知道从前我从未这般冷静过
如此冷静，使我发疯

白日（梦）(第 99 号)

我弄得一团糟糕，我想。
我没能把勺子正确地送到嘴边
但是看守们有耐心
对我的狗也是，我确信它不会咬人。
我应该给它起个名字。
昨夜之后，我没任何别的话要说了。
没人对坏消息感兴趣，所以
我一动不动，甚至连眼也不眨。
多么悲哀，方圆数英里
除了地雷、坟墓别无他物。
如果在这儿我是新来的那我的记忆便出了错或者
我一定是一直没有注意到——
什么是头脑中发生的和头脑外发生的。
我的胳膊瘙痒，我闻起来糟透了。
起初我拥护它，然后我反对它，
我时不时地点我的头
出于表面上的敷衍。
点一下头就够了。

总之我没多少话要说。

他–他–你–好　姆–姆–我的　嗯–名字　思–似–是。没有比那更多的了。

白日(梦)(第207号)

当我回想起城市和所有那些水,正是夜间。
我正站在街上,说不出是在哪里。
我必须回家,所以我抱着乐观态度跟着运河走。
正当我想着我差不多到那儿了
一只羚羊,害怕地喷着鼻息,
穿过黑色的水跑了过来。
三只鬣狗追逐着它,像只警报器
光的喷泉迸裂在它们脚下。
过了桥之后自然灾难左拐
离开了视线,然后安静下来。白日里
这水没有臭味,船从中间滑行穿过
满载着挥手的游客,他们向骑自行车的人
向任何移动的东西,向那边那个男人挥手
那个男人想要飞走,似乎
胳膊伸展,被阴影笼罩
一只惊慌失措的受伤的鸟——不可能是巧合
那男人是我,不过我在狂乱地拍动翅膀
只是我没有离开地面。

而这时我真的想要回家了。

一定是在这里某处，我简直不能相信

在一片漆黑中我所看见的。

"宵禁令"——白日（梦）（第1263号）

雪封锁了街道，猫蹲坐窗台。
黑色花在一只黑色花瓶里。
黑色飘带和气球。
一只锡罐在我的头顶上
在我的记忆里，到处是脸
我从不会忘记一张脸。
我刚才在吃蛋糕，更多的蛋糕
从大清早一直到后半夜
仿佛我得迫切地祝贺什么事似的。
仿佛我造成了某种奇迹。
尽管我并非天使。
我真是受够了隔壁房间里的所有抱怨
和咆哮，我真不想听到它。
鹿在厨房，大象在公园
还有烟花、峡谷，还有什么别的我能编造出来。
我想回家，我只是来看看。
检查事物们，它就像在这儿的冰箱——
这是它的运作方式，热空气上升，冷空气
守住周围。

白日（梦）（第 12868 号）

我用我的彩色铅笔画了一幅画。
一座方形的房子离海滨驱车两三个小时。
上面有座漂亮房顶，还需要加进些人
那些看上去不悲、也不喜的人，至少他们中的一个。
门外有辆车正猛然刹住。
还有条深沟，你可以浸进去
泥鳅和到处乱漂的玩偶。
鲜花沿着堤岸挺秀。
张口注目如同看热闹的人。
我听到门砰地关上，叫喊，怒吼——
那是风，它只是风
这已是我的第十次尝试
房子既没有窗也没有门，虽然
那根本就不难。
那是酷热的一天，我记得这些。
房顶是红色的。
予人深刻印象。

诗

你横卧床上,不再穿衣服。
听城市的声音,在清晨,在夜晚。

诗当然大于纸上文字,尚不谈在一边的
整个象征主义:在某个特定点上它停下。

如果你没有睡着我如何叫醒你?
在你自身的不可理解之边界内
以及在境遇的多样性之外?

因各式各样的原因我不想再写到你。

昨夜要说出你是否还活着,对我而言
甚是艰难,现在是白天了。

"一条蛇……"

一条蛇,通常意义上的。
女古生物学家醒着。
一场红色迷雾在她们眼前。

一个狂热的小恶魔在某处荒地上。

一条会说话的蛇,但另一方面是真的。

关于在那儿的恐怖世界的一个混乱故事。

关于善恶之战。
邪恶常常挡道。

当然荒谬透顶的是:
居然敌人的敌人是朋友。

无疑,这背后必有什么东西。
大错,误解。
奇怪的科学活动方式?

但肯定不是天才的总体规划?

总之在天堂里
人人都在同一页面上。

而那是因为我们今日之所知。

要正面还是反面?

大地一片火海,世界居于迷宫——"灵魂煽动者"①

你还在这儿干吗;你的脸怎么了?
很显然,你太常表演这歌,和你的
你好,先生;谢谢,先生;我会替你处理好它,先生。
仿佛你已智随岁增,但如果我转过脸去

你叽歪得像条小狗,被拴在某地的街灯柱旁。
昨夜,突然一阵饥肠辘辘把我攉进了厨房
我不由自主地想到了你,我切到了拇指。
没有流血。肌肉、皮肤,神经纤维是有弹力的,

古埃及人懂得这个。万物万物恒流。
有个悬而未决的麻烦——我真的没有太注意到它
当我像现在这样晕的时候。今晨的空袭警报

---

① 灵魂煽动者(The Soul Stirrers),美国福音音乐组合,有超过 80 年的事业跨度,最活跃的时期是在 1926 年至 1960 年代。

是一场完美测试,当凡事皆按计划行事恐慌也还是会爆发。但是,毫无疑问不会有一个切实的计划。至少,现在我想不出任何一个。

穆斯塔法·斯缇图（周琰 译）

【诗人小传】穆斯塔法·斯缇图（Mustafa Stitou，生于1974年），生于摩洛哥，几个月大时随父母迁居荷兰莱利斯塔德，目前居住在阿姆斯特丹。他1994年出版的首部诗集《我的形式》获得了年度最佳首部诗集奖（C. Buddingh）提名。1998年出版了《我的诗歌》，其后又出版了《猪粉色绘图明信片》（2003），这本诗集同时获得VSB诗歌奖和扬·坎珀特奖。2013年出版诗集《神庙》，获得阿水诗歌奖。2018年以文学成就获得A. 罗兰德·霍尔斯特－彭宁奖。穆斯塔法·斯缇图主要职业是给学校孩子开展诗歌朗读和诗歌活动课。他用荷兰语改编了一些戏剧，其中一部是关于安迪·沃霍尔和让－米歇尔·巴斯奎特的。这里选译的诗作由英语译出，斯缇图诗作英译者是戴维·柯麦尔（David Colmer）、威勒姆·格罗奈维根（Willem Groenewegen）。

母 语

咳 - 咳哧
　　咳 - 咳哧
咳 - 咳哧　咳 - 咳哧
咳 - 咳哧
（母羊，母羊，你来吗？）

（山羊，山羊，你来吗？）
呵 - 哧　呵 - 哧
呵 - 哧　呵 - 哧　呵 - 哧
　　呵 - 哧
呵 - 哧　呵 - 哧　呵 - 哧　呵 - 哧

（你来吗，母牛？）呵咶
呵咶呵咶
呵咶
呵咶

（猫）扑咶
　　扑咶扑咶

扑哧

扑哧扑哧扑哧

（希望狗

丢下它失踪

她尖叫）

呃 – 得怕！

  呃 – 得怕 呃 – 得怕！

呃 – 得怕！

"我背上扛着我父亲……"

我背上扛着我父亲躺在里面的棺材。被它的重量压弯，我踉跄着一步步前行。我的脚步变慢，负担太沉重，它超出我所能承受。我小心地整个人低下去俯身到地上，从棺材下面滑出来，毫不迟疑地打开棺材盖，小声说，父亲，我没法背着你了。我很抱歉。你能不能走一会儿？

他过了一会儿才睁开眼睛。他的脸没有刮，他的头发乱蓬蓬。他穿着秋衣裤和一件白色的背心。然后他叹着气摇了摇头，又嘲弄又怜惜，和平时一样。他坐起来，爬出棺材，以平静的步伐走去。我跟在他后面走，我也什么都不说。

棺材待在那里，在路的中间。

我们到了坟墓，它已经挖好了。一句话不说他躺下去，侧身躺着，然后翻过身，在另一面侧躺。

他的神想让他面朝东方，我想，朝向麦加。幸运的是他没有问我哪边是东，因为我不知道。

他双手交叠，放到他脑后当作枕头，深深地叹息然后他闭上了眼睛，而我，跪下来，胳膊后扬然后开始填上坟墓。

兰 花

1

有些兰花
大致的样子精确复制
雌苍蝇、黄蜂或蜜蜂。

雄苍蝇飞近放大
想要和她们交配——
过程中给花授了粉。

2. 两个引用，出自一世纪和二十一世纪

自然
　　　那脐带
已然委任我们
　　　将自己裹起来
既不卑鄙也不卑微

两次
可是引导我们进入浩瀚的宇宙
　　绕着他的脖子
成为强大一体的观众
　　奋力
为荣誉满腔热血
　　抵着他弱小的拉动

在我们的灵魂中注入
　　扼杀他
不可征服的爱
　　当他
为了升华而神圣之物
　　诞生。

3

一个前任，**母亲**吐痰的形象，
告诉我关于一个医生
和一小撮胎儿的事
他想和什么一起埋葬——
据他妻子所说，他的功能
衰退得很快。

词语变得丰饶
一个毛利人传说这样讲
和薄暮一起入睡
诞生夜晚,那夜晚
结束在死亡中。

五个胎儿。牧师
不接受它——那些胎儿
甚至不被洗礼——可是
他没有归还罐子。

奇怪的是在创世神话中
落下来创造的神
无一不同的是都被其他什么东西包围:
比如说其他诸神,混乱,
蛋壳,原生汤,无限。
在它开始前已经开始。

葬礼后几天,那妻子
看见公墓大门外
新翻的泥土因此总结
那时牧师埋葬胎儿的
地方。神话

在"自然"后面跟着行旅。

神学拖着脚跟在"自然"后面。

哲学在"自然"身后艰难跋涉。

那么科学呢?

我将**母亲**和树木联系起来。

有时,看着她,

我有种感觉。一个想法

她是一棵树。我和这个前任一起时

也有过它,虽然程度弱一些。

麦 加

狒狒刨翻
朝圣者留下的
垃圾
而他们徒步
前往山顶的岩洞
天使在那儿
向预言者显现。

一个女子
把手伸向
一袋薯片，
一个紧张的幼儿
看着一个凹进去的
可乐罐。

读啊！以你的
主的名义
他从一团血中
创造了，

一直创造着人,

天使浸膏预言者;
古兰经
最早的启示,开始,
你可以说。

一个女子熟练地
从一个瓶子里
流尽最后一滴水,一个男子
(闺阁领袖?)
对着另一个男子
恶狠狠地打着哈欠,
露出他剃刀般锋利
匕首般的犬牙。
在他身后,

在远方,麦加
在峡谷的深处,
爬行着朝圣者
绕着圣所,

黑衣遮盖着
印着上帝之屋

称号的立方体
里面是空的，

空的，除了几盏灯的
闪烁。

一只找到的鞋子的谕言

从歇斯底里的大都市转移注意力
都市人,用春水
洗净你的肝肠,宽厚地明白
无意义是你所需要的。

捕获你掌控的摸索
内在的簧风琴,从你的大脑
挤压出一张你从未见过的脸,
你仍然是一个做梦的胎儿。

躺在草地上,
站起来,挥出一只幼童的手
或从悬崖抛出一座大教堂。

当马问你的时候回答它们
你 真的会丢失你的爱
如果你重新发现自己?

都市人,躺在草地上,

安静地找到隐藏在你内心的神,
抓住他把他剥光到他空空的核心,
然后回家,摆上
一顿餐不为哪个特别的人。

或者保持平静,继续躺在那儿,
等候而不抱期望
直到你的名字消隐
带着它的记忆。

"在一棵夏日的橡树中……"

在一棵夏日的橡树中做爱,
几次,几秒,
在她抖动,整理自己的羽毛时
一阵激动。

走在树干上,往上,
往下,倒着
吊在树枝上,
啄着花蕾,

在枝干间跳跃。搔着蹭着
在树梢,在林木下。
在一汪泥坑里。
我亲爱的在卧巢吗?

我带给她黑暗的泥土。
她在抱窝吗?我喂她
从树叶之间
捡出的毛虫。

噢,永远不要成为内在矛盾
恐惧症,全能和无能
残废的幻想,迷醉的
令人窒息的沉溺的

孤独的猎物,不由自主
在我下颚边蚕食掉,
逃逸思想。可是争斗的乌鸫!
诅咒着一只麻雀!

饮雨,用长满
蚂蚁的喙歌唱,
一只长满蚂蚁的喙。噢,
没有什么比你的

更黑暗更不照耀,
窝在洞里的人,却是那
让我让我振作的春天!
撕裂心的那安静的尘嚣

是什么?在巢居的盒子中
我的雏儿在学习飞翔。
噢,六周左右的家庭生活

然后嗨

驱逐那些孩子。(并且
有时显示一些奇怪的行为,
突然在一根死树枝上
抹去我的粪便。)

"耐心地被追猎……"

耐心地被追猎
谨慎地被窒息,
熟练地被铺展

并装裱,
你沉默地挂在那里
在玻璃后面;

天蓝色和黑色
修长的
腹部,

翅膀令人惊艳地
布满纹路,暹罗
眼突出

不知羞耻,
绿色的胸部
被一根大头针穿透。

标签上
纤小的字母,
似乎你很博学,

写着你的名字。
帝王伟蜓,
我看着你的时候

看到了什么?
一个皇家珠宝,
一种十字架,

一个空虚的概念,
一具出色的尸体?
我不能逃脱

你在留着
什么东西的印象,
让人屏息,

并等待。

附录:中/英(或德、法)荷语诗题对照目录

托马斯·利斯克(Tomas Lieske)

屋主/Landlord/Kamerverhuurder

我们都选择了一种颜色/We all choose a colour/Wij kiezen allen een kleur

我爱人葬礼上的抚慰声/Consoling voice at my beloved's burial/Troostende stem tijdens de begrafenis van mijn geliefde

撒旦/Lucifer/Lucifer

不再/Rien ne va plus/Rien ne va plus

一只鼩鼱(木乃伊)的牢骚/Complaint of a shrewmouse (mummified)/Klacht van een spitsmuis (gemummificeerd)

蛋壳/The eggshell/De Eierschaal

你,神圣的太阳/You, holy sun/Jij, heilige zon

羞红的野兽/The blushing beast/Het blozend beest

女儿/Daughter/Dochter

此后/Hereafter/Hiernamaals

发现你已经太迟/Discovering you are too late/Ontdekken dat je te laat bent

高举起她的河马/Lifting up her hippopotamus/Haar nijlpaard optillen

尼古拉·哥白尼/Nicolaus Copernicus/Nicolaus Copernicus

安妮柯·布拉辛嘉（Anneke Brassinga）

海岸（I）/Küste I/Kust I

元素/Elementa/Elementa

尘世的森林殿下/Irdische Forsthoheit/Aardse warande

想到马拉美，令我窒息/Denk ich an Mallarmé, erstick ich/Denkend aan Mallarmé stik ik

想到惠特曼，令我爆炸/Denk ich an Walt Whitman, explodiere ich/Denkend aan Walt Whitman ontplof ik

想到艾略特，我化作一片轻烟/Denk ich an Eliot, geh ich in Rauch auf/Denkend aan Eliot ga ik in rook op

隐秘（I - IV）/Orphisch I - IV/Orfisch I - IV

远远离去/Weit drüber weg/Ver heen

巨人/Koloss/Kolos

叶醉/Blätterrausch/Bladzucht

乌鸫不在/Amsellos/Merelloos

呼唤/Ruf/Roeping

肖邦F小调里的叙事诗/Ballade in F-Moll- Chopin/Ballade in F mineur-Chopin

视野/Sicht/Zicht

马丁·芮恩兹（Martin Reints）

食土豆者或：凡·高的纽能来信/The Potato Eaters, or: Van Gogh's Letters from Nuenen/De aardappeleters, of: Brieven van Van Gogh uit Nuenen

安尼施·卡普尔的大山/Large Mountain of Anish Kapoor/Large Mountain van Anish Kapoor

走廊/Passage/Gang

芦苇流苏/Fringe of reeds/Rietkraag

秋夜/Autumn night/Herfstnacht

市镇风景/Townscape/Stadsgezicht

无尽的暮光/Twilight without end/Schemering zonder einde

旧会客厅/Old meeting room/Oud vergaderzaaltje

未曾寄出的信/Unsent letters/Onverstuurde brieven

夜晚的庭池/Hofvijfer by night/Hofvijver bij avond

模糊的信件/Misty letters/Benevelde brieven

苍蝇/Fly/Vlieg

夜/Night/Nacht

朗诵/Recital/Recital

日出/Sunrise/Zonsopkomst

回到起点/Back to the beginning/Terug naar het begin

暴风雨后/After the storm/Na de storm

布达佩斯/Budapest/Boedapest

鸟类学/Ornithology/Ornithologie

滕努斯·奥斯特霍夫（Tonnus Oosterhoff）

换脑人/Brain changer/Hersenmutor

"多么愉快我看见那鳏夫"/How gladly I saw the widower a sprig of roses/Hoe graag zag ik de weduwnaar een rozetak

傻瓜蛋聚首/Silly together/Het dwaze bijeen

"整个乌得勒支火车站……"/'The whole of Utrecht station falls into the light'/'Heel het station van Utrecht valt in het licht…'

"我孩子的皮带搭扣上……"/'The chubby bird on my kid's belt buckle…'/'De dikke vogel op mijn kinderbroekriem…'

镜子不能教我们什么/What the Mirror Can't Teach Us/Wat de spiegel niet leert

"这就是我的脑筋们说的……"/'Then those brains of mine said…'/'Toen zeiden die hersens van mij…'

"噢,在水母中呼叫大海……"/'in the jellyfish the sea calls…'/'in de kwal roept de zee…'

"……甚至记忆离去……"/(She tells us:) you don't even notice from the memory/(Ze vertelt:) je merkt het niet eens aan dat het geheugen

"和我们共在的……"/'What is this body that lives with us?'/'Wat is dat voor lichaam dat met ons leeft?'

"我长期有信念……"/'I've long had convictions…'/'Lang ben ik overtuigd…'

豹/Leopard/Luipaard

"那个刚刚站在门口的少年……"/'The lad who was just at the door…'/'De jongen die zojuist aanbelde…'

有巴赫《创意曲》伴奏的诗/(This poem is accompanied by Bach's Inventio, with which it runs in synchrony)/(Dit gedicht wordt begeleid door de Inventio van Bach, omdat het synchroon loopt met dit stuk)

扬·贝克(Jan Baeke)

没反对,也没出声/No objetion, no sound either/Geen bezwaar, ook geen geluid

爱的劳作/Working at love/Werk aan de liefde

我们的家庭政治/Politics in our family/De politiek in onze familie

别无出路/No other way/Wat niet anders kon

必要的深度/The necessary depth/De vereiste diepte

已然写下/Written down/Opgeschreven

我虚构的他(4)/I made him up 4/Ik beb hem bedacht [4]

夏天一边/Summer's side/De kant van de zomer

还没到那地步/Not quite there/Zover is het nog

请将他带离此地/Please take him away from here/Haal hem hier weg, alstublieft

北方波段/The channel of the north/De schaar van de noord

在理论上/In theory/In theorie

 5月14日,笔记12/14 May, note 12/14 mei, notitie 12

 5月23日,笔记3/23 May, note 3/23 mei, notitie 3

 6月8日,笔记32/8 June, note 32/8 juni, notitie 32

 6月9日,笔记11/9 June, note 11/9 juni, notitie 11

 7月8日,笔记4/8 July, note 4/8 juli, notitie 4

 7月11日,笔记13/11 July, note 13/11 juli, notitie 13

 7月14日,笔记2b/14 July, note 2b/14 juli, notitie 2b

7月20日，笔记3/20 July, note 3/20 juli, notitie 3

埃丝特·扬斯玛（Esther Jansma）

薛定谔式捕获/ Schrödinger's catch/Schrödingers vangst

现代主义/Modernism/Modernisme

代表狮子的词/The word for lion/Het woord voor leeuw

埋葬/Burial/Begrafenis

我未曾有过的儿子/The son I never had/De zoon die ik niet had

就在此地/This here/Dit hier

坠落/The fall/De val

清晨/Morning/Ochtend

爱人们/The lovers/De geliefden

构造地质学/Tectonics/Tektoniek

新年/New Year/Nieuwjaar

小梦/small dream/kleine droom

考古学2/Archaeology 2/Archeologie 2

历史事实/Historical reality/De historische werkelijkheid

构造测量/Structural survey/Bouwkundig onderzoek

万物皆新/Everything is new/Alles is nieuw

墙/Wall/Muur

逃脱/The escape/De ontsnapping

收集者/The collector/De verzamelaar

初始/The beginning/Het begin

荫/Shade/Schaduw

房子／The house／Het huis

K. 米歇尔（K. Michel）

好吧／Okay／Okay

第二节／Verse two／Vers twee

向天花板演说／Address to the ceiling／Toespraak tot het plafond

鱼也能／The fish too／Ook de vissen

那是昨天，而我此刻赤足／That was yesterday, and now I'm barefoot／Dat was gisteren, en nu loop ik op blote voeten

归途／Way back／Spoor terug

问候／Greeting／Groet

掌上纸／Palm-top paper／Handpalmpapier

从树上下来的／Down from the trees／Uit de bomen afgedaald

经验法则／Rules of thumb／Vuistregels

再见见见／Byyye／Daaag

Å I Å Ä È Ö／Å I Å Ä È Ö／å i åa ä è ö

啊（洗澡歌）／Ah (a shower song)／Ah (een douchelied)

安妮·费赫特（Anne Vegter）

从12：15到13：00／From 12.15 to 13.00 o'clock／12.15 uur tot 13.00 uur

出去吃／Eating out／Uit eten

假如／If／Dan

延期偿付／Moratorium／Moratorium

私人消息/Private message/Particuliere tijding

表演与绊倒/Showing and tripping/Showen en trippen

与此同时，在家/Meanwhile, at home/Mijn armoede

时中&时不中/Hit & miss/Meten & wegen

表象/Representations/Representaties

冬天的户外生活/Living outdoors in winter/In de winter buiten wonen

流浪汉/Tramps/Tramps

检查站/Checkpoint/Checkpoint

了解更多 I/Learn more I/Learn more I

了解更多 II/Learn more II/Learn more II

哦，别爱得太久/O, do not love too long/O, do not love too long

在忠诚的天空下/Under a faithful sky/Onder een waarachtige hemel

通配符/Wildcard/Wildcard

岛状山上的冰川/Island mountain glacier/Eiland berg gletsjer

备用策略/Alternating strategies/Wisselende posities

没有战争，我们不会出现在这儿/Without the war we would not have been here /Zonder de oorlog waren wij hier niet geweest

彼岸/The other side/De overkant

荷兰欢迎你/Welcome to the Netherlands/Welkom in Nederland

亨克·范德瓦尔（Henk van der Waal）

"极度分心时我便躺在……"/'When deeply distracted I lie...'/'Als ik daar in volledige verstrooiing...'

"或者像……"/'Or like...'/'Of zoals...'

"很不确定是否……"/'It's very uncertain whether by...'/
'Zeer onzeker is het of er tegen...'

"当你全然独立不群……"/'when you in utmost individuality...'/'als je in uiterste individualiteit...'

"没有,你是自己的猎物……"/'Without, you're a prey to yourself...'/'zonder ben je prooi van jezelf...'

"她没有匆忙进入……"/'She does not hasten into the worn-out ideal of fellowship...'/'zij bespoedigt zich niet in het afgekloven ideaal van medemenselijkheid...'

第四人称单数/ the fourth person singular/de vierde persoon enkelvoud

"出于纯粹的骄傲抑或是……"/'from pure pride or else from pure madness...'/'uit pure hoogmoed dan wel uit pure waanzin...'

"脱离机运之外你也是……"/'apart from chance you're silence too enveloped...'/'behalve kans ben je ook stilte die huift in het...'

"没有任何,不是辛勤劳作……"/'nothing, not hard work or watching...'/'met niks, ook niet met hard werken of veel televisie...'

原初的赠予/Don originel/Oergift

爱的精神/Esprit d'amour/Liefdesgemoed

埃莱娜·吉朗（Hélène Gelèns）

关于一场无限制的奔跑/ On an unrestrained run/In ongeremd rennen

如何解放树叶／How loose leaves／Hoe los blad

磨损的与盛放的／What frays and blossoms／Wat rafelt en bloeit

萨福说（卡明斯变奏）／Sappho told（variation on cummings）／Sappho zei（cummingsvariatie）

启程／Departure／Afscheid

如何赤裸／How bare／Hoe bloot

出离黑暗／Out of the dark／Vanuit het donker

没脑筋的／Ill-advised／Onraad

停下（1）／Halt I／Halt I

我怎样认识／How I meet／Hoe ik ontmoet

运河不曾知道／That the canal did not know／Dat de gracht niet wist

小小的婆罗洲龙蜥／Little borneo dragon／Draakje uit borneo

结结巴巴地说出那名字！／Stammer the name!／Stamel de naam!

别的东西／Something else／Iets anders

下班时间／Closing time／Sluitingstijd

给两个声音和一个钟的诗／Poem for two voices and a clock／Gedicht voor twee stemmen en een klok

角落的时光／Corner time／Strafhoek（coin punitif）

埃里克·林德耐尔（Erik Lindner）

"直到磨坊之翼转动……"／'Bis sich ein Flügel der Mühle dreht'／'Tot een wiek van de molen losdraait'

"在比雷埃夫斯港海是紫色的……"／'Das Meer ist violett bei Piräus.'／'De zee is paars bij Piraeus.'

1994年9月18日/18 september 1994/18 september 1994

    1. 所有存在之物，皆可消失。/1. Alles was ist, kann verschwinden. /1. Alles wat ontstaan is kan verdwijnen.

    2. 无人自愿死在博港。/2. Niemand stirbt freiwillig in Port Bou. /2. Niets sterft vrijwillig in Port Bou.

    3. 所有存在之物，皆可消失。/3. Alles was ist, kann verschwinden. /3. Alles wat ontstaan is kan verdwijnen.

    4. 所有并非存在之物，也可消失。/4. Auch was nicht ist, kann verschwinden. /4. Ook wat niet ontstaan is kan verdwijnen.

身份认证（Ⅰ）/ Legitimationen/Legitimaties

理性/ Vernunft/Rede

当我争夺语词的时候/'Wenn ich um Worte ringe...'/'Als ik niet meer uit mijn woorden kom'

一个男人在公园吃苹果/Ein Mann isst einen Apfel im Park/Een man eet een appel in het park

东方的尽头/ Ostende/Ostende

一座阶梯通入大海/Eine Treppe führt ins Meer/Er loopt een trap de zee in

岛屿/ Insel/Eiland

我还记得/ Ich weiß es noch/Ik weet het nog

去艾克迪亚（3首）/ Nach Akedia/Naar Acedia

米夏·安德瑞森（Mischa Andriessen）

我是查理？／Am I Charlie?／Of ik Charlie ben?

事迹／Deed／Daad

阿布达／Abda／Abda

仪式／Rite／Rite

赶在死亡前康复／Sooner healthy than dead／Liever gezond dan dood

伟大的热望／Great longing／Groot verlangen

蒂娜／Daena／Daena

阿克提安（ⅠⅡⅢ）／Actaeon／Aktaion

大门／Gate／Portaal

鸟王／The bird king／De Vogelkoning

监管人／The overseers／De Verantwoordelijken

公正／Justice／Recht

极限／Limit／Grens

差异／Difference／Verschil

我们［曾］在［那儿……］／Where we／Waar we

玛丽亚·巴纳斯（Marai Barnas）

两个太阳／Two suns／Twee zonnen

极轻柔、甜美，富于表现力／Pianissimo très doux et très expressif／Pianissimo très doux et très expressif

伤感隐喻垂挂枝上像死去的天鹅／Maudlin metaphors are hanging from the bough like dead swans／Er hangen larmoyante metaforen in de boom als dode zwanen

雨洒落弗雷德里克广场/It is raining on the Frederiksplein/Het regent op het Frederiksplein

一座城升起/A city rises/Er staat een stad op

你占据的空间/The space you occupy/De ruimte die je inneemt

太迟了/Too late/Te laat

大众/Mass/Massa

思绪与那女孩/Thought and the girl/Het denken en het meisje

加时赛/Extra time/Verlenging

孩子/Children/De kinderen

幻象/Vision/Visioen

噢，对，大爆炸/Oh! yes, the big bang/Jaja de oerknal

再见，阿姆斯特丹/Goodbye, Amsterdam/Dag Amsterdam

未来/Future/Toekomst

特别的旋涡/Swirling in particular/Dwarrelen in het bijzonder

阿尔弗雷德·萨弗尔（Alfred Schaffer）

白日（梦）（第9377号）/Day (dream) #9,377/Dag (droom) #9.377

白日（梦）（第3号）/Day (dream) #3/Dag (droom) #3

白日（梦）（第526号）/Day (dream) #526/Dag (droom) #526

白日（梦）（第598号）/Day (dream) #598/Dag (droom) #598

新年：白日（梦）（第1354号）/'New Year'-day（dream）#1,354/'Nieuwjaar'-dag（droom）#1.354

目力能及之地/Land as far as the eye can see/Land zo ver je kijken kunt

拜访：白日（梦）（第3623号）/'Visit'-day（dream）#3,623/'Bezoek'-dag（droom）#3.623

声音与形象的庆典/The ceremony in sound and image/De ceremonie in beeld en geluid

白日（梦）（第5106号）/Day（dream）#5,106/Dag（droom）#5.106

"作为007的自画像"——白日（梦）（第1516号）/'Self-portrait as 007'-Day（dream）#1,516/'Zelfportret als 007'-dag（droom）#1.516

白日（梦）（0号）/Day（dream）#0/Dag（droom）#0

白日（梦）（第37号）/Day（dream）#37/Dag（droom）#37

白日（梦）（第99号）/Day（dream）#99/Dag（droom）#99

白日（梦）(第207号)/Day（dream）#207/Dag（droom）#207

"宵禁令"——白日（梦）（第1263号）/'Curfew'-Day（dream）#1,263/'Avondklok'-Dag（droom）#1.263

白日（梦）（第12868号）/Day（dream）#12,868/Dag（droom）#12.868

诗/Poetry/Poëzie

"一条蛇……"/'A snake, in the general sense.'/'De slang in overdrachtelijke zin.'

要正面还是反面？/Heads or tails/Kop of munt

穆斯塔法·斯缇图 (Mustafa Stitou)

母语/Mother tongue/Moedertaal

"我背上扛着我父亲……"/'On my back I carried...'/'Op mijn rug torste ik...'

兰花/Orchids/Orchideeën

麦加/Mecca/Mekka

一只找到的鞋子的谕言/Oracle of a found shoe/Orakel van een gevonden schoen

"在一棵夏日的橡树中……"/'Making love in a summer oak,'/'Vrijen in een zomereik,'

"耐心地被追猎……"/'Patiently hunted,'/'Geduldig geroofd,'